双子王子の継母になりまして
～嫌われ悪女ですが、そんなことより義息子たちが可愛すぎて困ります～

糸加

目次

悪女継母
ジュリア

ロンサール伯爵令嬢。
生まれつきの黒髪のせいで
悪女扱いされてきたのに、
いきなり可愛い双子王子の
継母に抜擢!?

双子王子
ロベール

サヴァティエ王国の王子。
運動が得意。
魔力は無いはずだけど…!?

双子王子
マルセル

サヴァティエ王国の王子。
負けず嫌い。
ジュリアのおかげで果物好きに!

Characters

双子王子の継母になりまして

～嫌われ悪女ですが、そんなことより義息子たちが可愛すぎて困ります～

意地悪な異母妹
カトリーヌ

ロンサール伯爵令嬢。
ジュリアの異母妹で、わがまま気質。
髪色を理由に何かと
ジュリアを虐めてきた。

策士な国王
ルイゾン

サヴァティエ王国の国王。
特殊魔法として「観察眼」を使える。
ジュリアが隠していた
魔力を見抜いていて…！

赤毛の公爵令嬢
メリザンド

バルニエ公爵令嬢。
ルイゾンの再婚相手候補に
挙がっていた。
ジュリアを目の敵にしている。

優秀なメイド
ジャネット

王子宮で働くメイド。
あることから王子たちの食事作りも
担当することに…！

プロローグ・結婚式

式の直前。

私は純白のウェディングドレス姿で、同じく純白の正装に身を包んだルイゾン様と祈祷室の扉の前で腕を組んで立っていた。

『黒髪令嬢』と罵られていた私が本当に結婚するのだ。

自分の黒髪がベールに覆われているのを見て、一層気持ちが張り詰める。

——今さらなによ。気合いよ、気合い！

口に出さずに決意を固め直していると、隣のルイゾン様がそっと私に囁いた。

「ジュリア。そのドレス、よく似合っている」

「え、あっ、ありがとうございます」

顔を上げると、ルイゾン様の太陽のような金髪が眩しくて、目を細める。

晴れ渡った空のような青い瞳は甘い眼差しだが、意志の強そうな眉は男らしく、キリッとした口元に至っては、直視してはいけないと思わせるくらい大人の色香が漂っていた。けれど、体つきはがっしりとしていて、全体の印象はとても精悍(せいかん)だ。

——本当に、どうして私がこの方と？

この結婚が決まってから幾度となく繰り返した言葉を、もう一度胸の内で繰り返す。

「ジュリア？」

「あ、いえ、失礼しました」

動く芸術品のようなルイゾン様に見惚(みと)れて、つい返事が遅くなった。ルイゾン様は気を悪くした様子もなく続ける。

「こんなところだが、よろしく頼むよ」

「こんなところ、とは？」

「年頃の女性なら、もっと大人数が招待できる華やかな場所で式を挙げたかったんじゃないかと思ってね。私の事情に合わせてもらうとここしかないから、仕方ないのだが」

宮殿の中の小さな祈祷室で、大神官と少数の立会人のもとで誓いを宣(の)べる。それがこの結婚式のすべてだ。ドレスを二度三度と着替えることも、お披露目を兼ねた豪華な会食もない。

二度目の結婚式は地味にというこの国の慣例に従った結果だった。

――私は初婚だけどルイゾン様は再婚だから。

でも、そんなことは元より承知だ。

私はルイゾン様の気遣いをありがたく思いながら答える。

「いえ、そもそも結婚に興味はありませんでしたから、どこでも大丈夫です」

ルイゾン様の形のいい眉が少しだけ上がった。

「そう?」

「はい。むしろもっと参列者を減らしてほしいくらいです」

「なぜ?」

「社交に慣れていませんので、万一、なにかやらかした時のために目撃者は少ない方がいいかと」

「ふっ」

ルイゾン様は、こらえきれないように下を向いて小さく息を吐いた。どうやら、また見当違いのことを言ったらしい。

「……こういう時の適切な言い方がわからなくて……すみません」

素直に謝ると、ルイゾン様はなぜか機嫌のよさそうな顔で、さっきよりさらに距離を詰めて私の耳元で囁いた。

「いや、君はそれでいい。少しずつ学べばいいんだ——王妃としての振る舞いは」

「ありがとうございます」

——そうだ。もう、腹を括るしかないのだ。

「頑張ります」

私は前を向きながら、小声でそう告げた。

「ああ、頼む」

ルイゾン様も前を向く。扉の向こうに人の気配がしたのだ。

もうすぐ、式が始まる。そう思った瞬間。

「お待たせいたしました」

向こう側から扉が開かれ、私たちの名前が高々と告げられた。

「ルイゾン・レジス・サヴァティエ国王陛下ならびに、ジュリア・レーヴ・ロンサール伯爵令嬢の入場です」

私はルイゾン様と一緒に、一歩を踏み出す。

数少ない参列者から突き刺さるような視線を向けられるのを感じた。

「噂通り真っ黒な髪だ……」

「まあ、瞳も黒いわ」

「陛下はどうしてあんな令嬢を……」

そんな声が漏れ聞こえたが、批判されるのは承知の上だ。跳ね除けるように前だけを見て歩く。

国王陛下の再婚相手として、相応しい令嬢はたくさんいただろう。

でも、今ここにいるのは私だ。

大神官様が厳かな声で私たちに尋ねる。

「ルイゾン・レジス・サヴァティエは、ジュリア・レーヴ・ロンサールを妻とすることを誓いますか？」

「誓います」

「ジュリア・レーヴ・ロンサールは、ルイゾン・レジス・サヴァティエを夫とすることを誓いますか？」

「誓います」

ルイゾン様が抜擢して、私が承諾したのだ。

――双子王子殿下たちの継母になることを。

1、国王陛下の再婚相手に抜擢されました

遡ること、二カ月前。

風の暖かさに、春の訪れを感じる午後のことだった。

庭園にしゃがみ込んで魔草の植え替えをしていた私は、異母妹カトリーヌのうんざりした声に手を止めた。

「お母様、いつまであの気味の悪い黒髪令嬢を屋敷に置いておくの？」

見ると、サロンの窓が開け放たれており、声はそこから聞こえてくる。

「早く追い出してほしいわ」

――追い出すって、私を？

とっさに窓の下まで近付いて、聞き耳を立てた。カトリーヌが苛立った声で続ける。

「ジュリアお姉様はもう二十歳、私だって十六歳よ。お姉様のせいで私まで嫁き遅れるわ」

女性の結婚年齢は十八歳が目安とされているこの国で、確かに私は嫁き遅れかもしれない。

――だけど、まさかカトリーヌにそんな風に思われていたなんて。

好かれていないとはわかっていたけれど、そこまではっきり言葉にされるとショックだった。

固まっていると、ミレーヌお義母様のため息まじりの返事が聞こえる。

「でも、あの黒髪でしょう。もらい手がないのよ。旦那様はあんなに綺麗な栗色の髪なのに、どうしてあの子は真っ黒なのかしら」

言いながら、お義母様がご自身のピンクブロンドの髪をかき上げる姿が目に浮かんだ。同じ髪色のカトリーヌが向かい側で頷いているのも想像がつく。

自分たちの髪色を自慢しながら、私の黒髪を貶すのがふたりの日常だから。

——だけど、今さらどうしてって言われても。

私は視線を落として、自分の髪をまじまじと眺めた。五歳の時に亡くなったソニアお母様にも、父にも似ていない黒髪がそこにある。

この国では魔力の系統は髪色に遺伝すると言われており、ほとんどの人が攻撃魔法の赤系の髪か、防御魔法の茶系の髪の持ち主だ。

例外はふたつだけ。

『王族の金髪』と『悪魔の黒髪』だ。

王族の中でも髪色が金の人は、特殊魔法が使えるらしい。この国が平和なのは、『王族の金髪』のおかげだとまで言われていた。今の国王陛下も見事な金髪だと聞いている。

一方、黒髪はその逆だ。

髪色が黒の人も特殊魔法が使えることが多いのだが、歴代の黒髪の主がことごとくそれを悪用したため、黒髪というだけで嫌われるようになった。

有名なのは、三百年ほど前に実在したと言われる『黒髪男爵』だ。

特殊能力で空を飛ぶことができた黒髪男爵は、見下ろす景色すべてを自分のものにしたいと欲を出し、ついに空中から王都を攻撃した。だが宮廷の守りは固く、力尽きて地面に降りたところを捕えられ、処刑された。

その百年ほど後に登場した『黒髪詐欺師』も悪名高い。

他人を魅了する特殊能力を持っていた黒髪の詐欺師は、その力で宮廷の高官にまで登り詰めて私腹を肥やしていた。しかし、おかしいと思った当時の王に魅了の能力を見抜かれ、やはり処刑されたそうだ。この時は、騙された貴族たちも責任を取って大勢辞職したらしい。

そのふたり以外にもたくさんの黒髪の持ち主が特殊能力を悪用して、最終的には捕まっていた。ただ、どの記録にも、本人たちの言い分は記されていない。

そんなことを思いながら、私は自分の黒髪をひと房手にする。

光を吸い取るような黒。どんな闇夜よりも濃く、なにもかも吸収するような漆黒の髪。

どんなに濃い茶髪も私の黒髪と違って光を跳ね返す。艶がある。だが私にはない。

――忘れもしない、今から十五年前。

『まあ、本当に真っ黒なのね。魔力はないって本当？』

初対面のミレーヌお義母様は、五歳の私の黒髪を見るなりそう言って眉を寄せた。その腕には一歳のカトリーヌが抱かれている。正妻であるお母様が亡くなったので、父はミレーヌお義母様とカトリーヌを屋敷に呼び寄せたのだ。

お母様が生きていた頃から父が外に家庭を持っていたことを、私はこの時初めて知った。

『ああ、特殊能力もない』

父の言葉に、お義母様はため息をついた。

『じゃあ、害はないだけまだマシかしら』

『まあ、適当に頼むよ』

そう言って父は私の目の前でバタンと扉を閉めた。私はひとり廊下に取り残され——今でもそれは続いている。

家のことをミレーヌお義母様に一任した父は、その後、私に対して無関心を貫いた。黒髪の私にミレーヌお義母様が優しくするはずもなく、機嫌次第で食事を抜かれたり、怒鳴られたり、屋根裏に閉じ込められたりする日々が始まった。

庭師のドニや家庭教師のグラシア先生、乳母のネリーにメイドのサニタなど、ごく少数の人たちに助けられ、私はなんとか生き延びた。

——だけど、カトリーヌまで私を追い出そうとしていたなんて。

ふたりの会話はまだ続く。

「お姉様の実の母親も黒髪じゃなかったんでしょう?」

「ええ。無難な茶髪で土魔法の使い手だったらしいわ。まあ、私たちの火魔法に比べたら大したことなかったでしょうけど」

「だったらなぜ」

「わからないわ。旦那様は母親の不貞を疑ったそうだけど、神殿で自白の魔法をかけてまで潔白を証明したらしいの」

「本当、忌々しいわね」

窓の外側にしゃがみ込んだ私は、自分の髪から目を離してため息をついた。

「……なによ」

黒髪で生まれたのは私のせいでもソニアお母様のせいでもない。私は父と母の娘、それだけだ。

——それなのに。

「もらい手がないってことは、ずっとこの家にいるっていうの?」

カトリーヌの声はますます尖った。

「私にいい縁談が少ないのはお姉様のせいなのに！　本当に邪魔ね！」

贅沢が好きなカトリーヌは玉の輿を狙っていた。なかなかいい話が来ないのは、私のせいだと思ったのかもしれない。

でも、と私は内心首をひねる。

——カトリーヌの場合、高飛車すぎる態度も問題なんじゃないかしら。

大抵の催し物に参加させてもらえない私だったが、王室主催の夜会に一度だけ出席したことがある。高位貴族の子女は全員参加だったのだ。

余計なことはしないようにと言われ、大人しく壁の花になっていたのだが、そんな私が遠目から見ているだけでもカトリーヌの印象は悪かった。近寄る男性たちを明らかに値踏みして、馬鹿にしたように断るのだ。

しかし、ミレーヌお義母様はカトリーヌに全面的に同意する。

「そうね、あの子のせいよ。あなたはこんなにかわいいもの。あの子以外に理由なんてないわ」

私がげんなりしていると、カトリーヌは甘えたような声を出した。

「ねえ、お母様」

内容は全然甘くなかったけれど。

「お姉様を北の修道院に放り込めないかしら」

——なんですって⁉

さすがのお義母様も驚いた声で答える。

「北の？　あそこは罪を犯した人が行くところじゃない」

カトリーヌは動じない。

「別にいいじゃない。罪なんてでっちあげれば」

「カトリーヌ。あなた……そこまで思い詰めていたの？」

「もう、見るのも嫌なのよ。あの鬱陶(うっとう)しい黒髪」

「なんてこと……」

ミレーヌお義母様の声が低くなった。

「あなたにそんな風に思わせるジュリアが許せないわ……」

——私のせいなの？

お義母様は容赦なく続ける。

「わかったわ。ジュリアを北の修道院に入れるよう旦那様に話しましょう。理由なんてなんとでもなるわ」

「嬉しい！」

窓の向こうのふたりがひしっと抱き合っているのが見えるようだった。

——冗談じゃない。なにも悪いことをしていないのに、極寒の修道院に閉じ込められるなんて。

私は足元の魔草を見つめて、頷く。

——やっぱり、あの計画しかないわね。

私だって、合理的にこの家を出る方法を探していた。準備を少し前倒しにしてでも、実行する時期が来たと思おう。

——うまくいきますように。

強く祈りすぎた私は迂闊にも、一瞬だけ今自分がどこでなにをしているのかを忘れてしまった。

だから。

「風が出てきたわね」

「窓を閉めましょうか」

その会話の意味を理解するのが少し遅れた。頭上に影を感じて顔を上げると、揺れるピンクブロンドが目に入る。次いで目を見開いたカトリーヌが。

「そんなところで、なにしているの⁉」

――見つかった！

カトリーヌは大きく息を吸い込んで叫んだ。

「お母様！　お姉様が盗み聞きしているわ！」

「違う、違うわ！」

私は慌てて立ち上がったが、ずっと座っていたため、視界が狭まって暗くなるのを感じる。

――立ちくらみ！　こんな時に！

目を閉じたがそれでも倒れそうになり、急いで両足を踏ん張った。

「きゃあああああ！」

ただ、それだけなのに、カトリーヌが怯えたように金切り声をあげる。

「なにするつもり！　やめて！」

「カトリーヌ、どうしたの!?」

部屋の奥からミレーヌお義母様の声がした。

「ジュリア！　あなた、またなにかしでかしたの!?」

ゆっくりと目を開けると、案の定、ミレーヌお義母様は私を睨みつけていた。

「立ちくらみを起こしただけです。それで目を瞑っていたら――」

「違うわ！　悪魔のダンスよ！　悪魔のダンスを踊っていたの」

「なんてこと……カトリーヌ。もう大丈夫よ」

――いつもこうだ。

私がちょっと動くだけで、なにか企んでいると思い込まれる。理由を説明したくても聞いてはもらえない。

お義母様は庇うようにカトリーヌの肩を抱いた。

「もう、いつも言っているでしょう！　黒髪なんだから、おとなしくしていなさいって！」

「……はい、気を付けます」

私とふたりきりの時、カトリーヌが黒髪で怯えたことはない。怖がるふりをしているだけなのだ。でも、お義母様がそれをわかってくれるとは思っていない。

どうせなにを言っても、全部私が悪いことになる。関わりは最小限に越したことはない。

「ではこれで」

そう思って立ち去ろうとしたが、簡単には解放してもらえなかった。

「待ってよ！」

仕方なく振り返る。

「まだなにか？」

カトリーヌは窓枠から身を乗り出して質問する。

「なにを話していたか聞いた？」

「いいえ。人がいることすら気付いていませんでした」

無表情を装うくらいは私にだってできる。お義母様が明るく笑った。

「大丈夫よ、カトリーヌ。聞いていたらあんなに平気でいられるわけないもの」

「それもそうね」

なにか話していたとバレバレの会話だが、深く追究するつもりはない。

「それでは失礼します」

私は再び立ち去ろうとした。置き去りにした魔草を、後でこっそり回収しようと考えながら。

だけどカトリーヌはしつこかった。

「話は終わってないわ！」

「なんですか？」

もう一度振り返ると、カトリーヌは私の泥だらけの手を指差した。

「じゃあ、ここでなにしていたの？」

私はわずかに眉を上げる。

「立ちくらむほど長い間座っていたんでしょう？　話も聞こえないほど、なにに夢中になっていたの？」

——なかなか鋭いところを突いてくるわね。

感心している場合ではなかったのだが、そう思わざるを得なかった。

「あなた、やっぱり怪しいことをしていたの⁉」

やり取りを聞いていたお義母様が口を挟む。

「していません」

「言いなさいよ！　お姉様！」

「……わかりました」

私は、わざと泥だらけの両手を見えるようにして説明した。

「土魔法の練習に夢中になっていたんです」

お義母様と顔を見合わせてから、カトリーヌが呟く。

「土魔法……？　ひとりで？」

「ええ。ご存じの通り、私にはほとんど魔力がないでしょう？　少ない魔力でも上手に魔法が使えるように、訓練していたんです。どうでしょうか」

私は魔力を絶妙な加減でコントロールして、両手の泥を地面に落とした。初歩的な『土の移動』だ。

「さすがお姉様ね。それくらいのちゃちな魔法で喜べるなんて」

カトリーヌが小馬鹿にしたように笑った。

「黒髪のくせに余計なことしなくていいの。見ておきなさい……魔法を使うっていうのはこういうことよっ！『フー（炎）』！」

人差し指を立てたカトリーヌは呪文を唱えると同時に、私の背後にそれを振りかざした。

ぼわっ！と人の頭ほどの大きさの炎が空中に浮かんで消える。中級の火魔法だ。

私は感心した表情を作った。

「なにもないところに炎を出すとはさすがですわ」

「わかればいいのよ」

「あなたはとにかく余計なことをしないように」

ふたりは、口々にそう言った。

「わかりました。これからはしません」

私はしおらしくも堂々と頷く。

「土、元通りにしておくのよ」

「はい」

そう言うと、ミレーヌお義母様がパタン、と窓を閉めた。

――うまくごまかせたっ！

窓ガラス越しにふたりがサロンを出ていくのを見届けた私は、踊れるなら本当に悪魔のダンスを踊りたいくらいホッとした。

植え替え中の魔草が無事だったからだ。

私のすることは全部気に入らないカトリーヌとお義母様だ。魔草の話をすれば、難癖をつけて根こそぎ処分していただろう。

「ドニのところに持っていこうっと」

私は再び屈んで、よけておいた魔草をハンカチにそっと包む。

魔草と普通の植物の違いは、見た目の毒々しさに加えて、魔力を帯びているかいないかだ。

窓の下という微妙な日当たりが影響したのか、それは今まで見たことのない色のつぼみをつけていた。濃い茶色と黄緑色が混ざった、決してかわいいとは言えない色合いだが私にとっては宝物だ。

「おっと、土を元に戻さなきゃ」

私は辺りに人がいないのをよく確かめてから、片手を軽く上げた。

「『ヌシュ（直れ）』」

乱れた地面がそれだけで、元通り平らになる。

私に魔力がないというのは、大嘘だった。

むしろ人並み以上ある。

魔法だって、土魔法と火魔法の両方に加えて特殊魔法の『予知』も使える。

だけどそのことは庭師のドニと乳母のネリーしか知らない秘密だった。メイドのサニタとグラシア先生にすら教えていないのは、亡くなったソニアお母様との約束だったからだ。

最期のお別れの時、お母様は私とふたりきりになったのを確認してから呟いた。

『これからも……魔力と、魔法は使えない……ふりをしていてね……ジュリア……ごめんね』

私は細くなったお母様の手を握って、必死で返事をする。

『だいじょうぶ。わたし、できるわ、だからお母様はあんしんしてご病気をなおして？』

『ありがとう……あなたは……本当にいい子ね』

そのまま息を引き取ったお母様との約束を、私は今でも守っている。

そんなことを思い返しながら歩いていると、いつの間にか温室にたどり着いていた。

扉を開けると、ドニが手を止めて迎えてくれる。

「ジュリア様。ようこそ」

ドニはいつものフェルト帽をかぶり、いつでも植木の手入れができるようにゆったりした上着に道具入れを斜めがけしていた。

私は作業台の隅にハンカチを広げて、さっきの魔草を見せる。

「ドニ、見て！　新しい仲間が増えたわ。小さなつぼみがついているの」

「おお、これは珍しい色味の花が咲きそうですな」

そうでしょう、と私は自分のことのように誇らしげに答えた。

「サロンの北側の窓の下に自生していたの。日陰を好むのかもしれないわ」

「なるほど。庭園では見かけんはずです」

「これはどんな大きさのペルルを出すかしら……楽しみだわ」

普通の植物が根から水を取り込むように、魔草は葉の表面から魔力を取り込む。

ある程度取り込むと、魔草はその葉の表面に半透明のキラキラした露のようなものを放出した。私はそれをペルルと呼んでいる。真珠という意味だ。

真珠ほど硬いわけではないが、見た目がキラキラしていて似ているのだ。

飽和するまで魔力を吸ったペルルは、シャボン玉のように弾けて消えてしまうのだが、その様子は儚くて美しい。

だけど、その存在は世間ではほとんど知られていない。そもそも、魔草自体人々の興味の範疇になかった。繁殖率も高くないので、大多数の人の魔草への関心は雑草以下だ。

気付けば私はドニの温室の片隅で、いろんな魔草を栽培して観察するようになっていた。はみ出し者の自分と重ねて親近感を抱いていたのかもしれない。でも、同じように見える魔草のちょっとずつ違うところを発見するだけで楽しかった。

「ジュリア様」

ぼんやりと魔草を眺めていた私に、ドニが言う。

「これなら中くらいの鉢でよさそうですな。取ってくるので、ここでお待ちください」

「ありがとう」

「なあに。鉢くらいはまだまだ持てますぞ」

今でこそ白髪になっているが、ドニの髪はもともと深みのある茶褐色だった。髪色が示す通り土魔法の熟練者で、私が生まれる前からこの屋敷で仕えている。

その舞台裏とも言えるこの温室が、小さい頃から私の居場所だ。乳母のネリーが元気だった頃は、三人でよくここでお茶をした。ネリーが流行病で亡くなる十年前までそれは続いた。

私が居場所を持つことをお義母様は気に入らないようだったが、父の自慢の庭園はドニのおかげで保たれていたので、お義母様がどんなにドニを辞めさせたくてもできなかった。

植え込みを幾何学的に刈り込んだ迷路や、常に花が絶えない花壇、遠近感を利用してどこまでも続くように見える中庭など、ドニが手がける庭園は昔も今も宮廷庭師にも劣らない出来栄えだ。

「ちょうどいいのがありました。これに植え替えましょう」

植木鉢を手にしたドニが戻る。

「楽しみね」

植え替えの準備をしながら、私は呟いた。

「ドニ、そういえばこれから一週間は晴天が続くわ」

「……また悪夢を見たんですかい」

ドニが沈んだ声を出したので、私は慌てて言い添える。

「大丈夫。今回は翼のついた魔獣に追いかけられる程度の悪夢だったから。翼があるのになぜか走って追いかけてくるのよ」

「……それでも安眠とはほど遠いでしょうに」

私の予知は夢の形で現れるのだが、なぜか必ず悪夢とセットになっている。悪夢自体が予知の場合もあるのでややこしいところで、幼い頃の私はいつも混乱していた。

「もしかして、魔草が魔力を吸わなくなったんじゃないでしょうな」

ドニが心配そうに呟いた。

「違うわ、ただ忘れていただけ」

「それならいいですが」

魔草に魔力を吸わせた夜は、悪夢も予知も見なかった。もしかして悪夢自体、使わない魔力の暴走なのかもしれない。

あるいは、魔草そのものに穏やかな眠りを授ける力があることも考えられる。

――わからない、知りたい。

ふつふつと研究意欲を燃やしている私に、ドニが切り替えるように声をかけた。

「……晴天が続くなら、水をたっぷりやらなくてはいけませんね」

「そうね。あのね、ドニ」

目の前の魔草から目を離さずに、私はドニに打ち明ける。

「私、植物園の求人に応募しようと思うの」

かねてから考えていたことだったが、さっきのカトリーヌの言葉で決意したのだ。

宮殿の近くにある王立植物園で研究者を募集していると、グラシア先生から手紙で聞いていた。歳を取って辞める人がひとりいるらしい。

グラシア先生は、カトリーヌの家庭教師として一時期我が家に滞在していた元男爵令嬢で、私が黒髪であっても気にしないでいてくれた数少ない理解者のひとりだった。

実家が没落してこの仕事を始めたと話してくれたことがある。

多くのことを私に教えてくれた先生だったが、そのことがミレーヌお義母様に知られてしまい、クビになった。

だけど、他のお屋敷で働くようになってからも、ドニを介してこっそりと手紙のやり取りを続けている。私宛てだとお義母様に隠されるかもしれないが、あちこちから種子や苗を取り寄せる許可を父から得ているドニなら、それに紛れて手紙を受け取ることが可能なのだ。

「ついに決めたのですな」

ドニの言葉に私は頷く。

「論文は仕上げてあるから、あとは送るだけよ」

王立植物園は、珍しい他国の植物や王国固有の植物を調べたり保護したりする場所だ。王国一の規模のため、仕事は大変だがやりがいはある。植物への愛情と知識を試すために、論文の提出が条件だった。

私はそれを、魔草とペルルに関する今までの研究をまとめたもので審査してもらうつもりだ。

「ジュリア様ならきっと合格なさいますよ」

「だといいけど……」

グラシア先生にいい報告ができればいいなと考えていた私は、正直に言うと、ほんの少しだけ期待を抱いていた。

転送してもらった募集要項には、なんと髪色にもこだわらないと明記されていたのだ。

赤系でも茶系でも構わないという意味かもしれないが、私はそこに一縷(いちる)の望みをかけた。

もし、植物園で働けたら北の修道院に行かなくて済む。

――だから、お願い。

私は祈りを込めて魔草を植え替えた。

「よし、できた」

「いい魔草ですね」

「かわいいわ」

「おや」

「あら」

植え替えた魔草は、私の期待に応えるように、いきなりぽんと花を咲かせた。つぼみと同じ色味の花弁が、その内側を覗かせる。

「幸先いいですな」

「ドニったら」

私は肩を竦めたが、本当は同じことを考えていた。


そして数週間後。

「ジュリア様、届いておりましたぞ！」

温室でドニから植物園の手紙を受け取った私は、祈るような気持ちで封を開けた。

「なるほど……ドニ」

事務的な文章を何度も読んだ私は、固唾を呑んで見守っているドニに告げる。

「……不合格ですって」

そううまくはいかなかった。

「そんな！」

ドニが私以上に悲しそうに目を見開いたので、慌てて明るい声を出す。

「仕方ないわね！　切り替えていきましょう」

「ジュリア様……」

「ドニ、そんな顔しないで！　あ、ちょっと外の畑を見てくるわ」

「承知しました……」

ドニを心配させたくなくて、私はそう言って温室から出た。

でも、ひとりになるとダメだった。不安が一気に押し寄せる。

「これからどうしたらいいの……」

誰もいない裏庭の噴水を覗き込んだ。

水面に映る私は、真っ黒な髪をしている。どう足掻いても、それは変えられない。

――こうなったら、家出しかないかしら。

そう考えたものの、すぐに思い止まった。私を雇ってくれるところなんて、きっとない。

「……黒髪だから」

髪色を変える薬草も、私には効果がなかった。お義母様に昔使われたのだが、黒が強すぎて染まらないのだ。

なす術もなく、ぼんやりと水面に映る自分を見つめていると。

「お嬢様！　ここにいましたか！」

メイドのサニタが息を切らして現れた。ひとつにまとめた茶色の巻毛が揺れている。

私より三歳年下のサニタは、初歩の土魔法の使い手だった。この家でかろうじて私の世話を焼いてくれるのはサニタだけだ。

「どうしたの？　もしかして繰り上げ合格？」

「いいえ！　でも、大変です！」

とても慌てている様子につい、未練がましいことを口走ってしまう。

違うのか、と肩を落とす私に、サニタは無理やり目を合わせた。

「よく聞いてください。王宮からの遣いがお嬢様にお会いしたいと来ているんです」

「どうして？」

――王宮？　今まで関わったこともないのに？　なぜ？

「お嬢様、落ち着いてよく聞いてくださいね」

どう見ても落ち着いていないのはサニタの方だったが、私はゆっくりと頷いた。

「国王陛下の再婚相手に、ジュリアお嬢様が選ばれたんです」

「は？」

「ですから、国王陛下の再婚相手に、お嬢様が選ばれたんです」

「国王陛下の、再婚相手？」

「そうです！　お嬢様、おめでとうございます！」

「え、ちょっと待って待って！」

――そんなものに応募した記憶はないんですけど？


サニタと一緒に部屋に戻った私は、大慌てで洗いざらしの茶色のワンピースから流行遅れのくすんだ灰色のドレスに着替えた。王宮からの遣いに会うには質素すぎるが、他に着るものがないので仕方がない。アクセサリーも持っていないので少しでも印象がよくなるようにと、サニタに黒髪を大急ぎで梳かしてもらう。

「失礼します」

大広間の中では、父とお義母様といつもより着飾ったカトリーヌが、宮廷からの使者様の前に立っていた。

父が咎めるように私に言う。

「遅いぞ、ジュリア。どこへ行っていた」

「申し訳ありません」

そう言われても、突然来たのは向こうだ。不満を顔に出さないように心がけて、父の隣に立つ。使者様がおもむろに私に話しかけた。

「初めまして。ジュリア様。マキシム・マルスランと申します」

「初め……まして」

元は騎士なのか、父より年上に見えるが、父よりがっしりとした体格のマルスラン様は、手にしていた文書を掲げていきなり言った。

「先ほどもロンサール伯爵にお伝えしたのですが、国王陛下は、ジュリア・レーヴ・ロンサール様を再婚相手にお望みです。つきましては、明朝、宮殿にお越しいただけないでしょうか」

――は？　え？　宮殿？　明日？

私を含め、おそらくその場にいた全員が、頭の中を疑問でいっぱいにしていたと思う。

耐えかねたように父が言う。

「その、マルスラン卿」

「なんでしょうか、ロンサール伯爵」

「すまないが、もう一度だけ繰り返してくれないか。本当の本当に……国王陛下が、ジュリアを？」

父の掠れた声に重なるように、マルスラン様は繰り返した。

「これで三度目ですが、よろしいでしょう。国王陛下は、ジュリア・レーヴ・ロンサール様を再婚相手にお望みです」

大広間の隅から隅までその声は響き渡った。

「お望みなら四度目も繰り返しますが」

「あ、いや、十分だ」

「ではこれをどうぞ。ロンサール伯爵」

手渡された文書を、父はおずおずと手を伸ばして受け取る。

――えーっと？　つまりさっきのは聞き間違いじゃない？

私の戸惑いは大きくなるばかりだ。

――国王陛下の、再婚相手に、私が望まれている？　まさか。あり得ない。

右隣に視線を送ると、ミレーヌお義母様とカトリーヌが目を点にして固まっているのがわかった。

私以上に衝撃を受けているその様子にほんの少し同情する。いつも馬鹿にしている私が、国王陛下の再婚相手に抜擢されたのだから信じたくないのも無理はない。

――というか、本当になぜ私？

私としても、ただただ疑問が広がるばかりだ。

マルスラン様は返事を促すように、私を見据えている。有無を言わさない圧力になにかを言おうとしたが、なにをどう言えば適切なのか思いつかなかった。

助けを求めるように父に顔を向けると、まだ文書を読んでいた。

――お父様でさえこうなのだから、私が動揺しても仕方ないわよね。

変に納得していると、驚きから抜け出たのかミレーヌお義母様が父に問いかけた。

「あなた、本当にそこにジュリアの名前があるの?」

父は憔悴した口調で答える。

「間違いない。ジュリアと書いてある」

「ふふっ」

場違いとも言える笑い声がお義母様から漏れる。その場にいる全員がお義母様に注目した。

「それ、間違いですわ」

お義母様は手にした扇で口元を隠しながらそう告げる。マルスラン様の眉がぴくりと動いた。

「間違いとおっしゃいましたか?」

だけどお義母様は引かない。

「ええ。きっと妹のカトリーヌと勘違いなさったのでしょう」

「私? お姉様じゃなく?」

名前を呼ばれたカトリーヌが勢いよくお義母様に向き直る。弾みで、綺麗に整えられたカトリーヌのピンクブロンドが揺れた。

この先のお義母様の言葉を予想して、私は自分の腰まである黒髪に目を落とす。

「ええ、そうよ!」

案の定、お義母様は甲高い声で叫んだ。

「黒髪のジュリアが国王陛下に選ばれるわけないもの! カトリーヌの間違いよ!」

「お言葉ですが、伯爵夫人」

マルスラン様は低い声でたしなめる。

「黒髪令嬢ことジュリア様を再婚相手に、とは国王陛下の仰せです。間違いではありません」

黒髪令嬢。それは確かに私のことだ。

知る限り、貴族令嬢で黒髪は私だけだったから。

「嘘よっ！」

カトリーヌが金切り声をあげたが、マルスラン様は素っ気なかった。

「嘘ではありません」

本当のことを言えば、私だって叫びたい。信じられないのは私も同じだ。

――私をなぜ、国王陛下が？　言葉を交わしたこともないのに。

四年前に王妃様を亡くされた国王陛下は、確かまだ三十歳にもなっていない。

噂では大層な美丈夫で、施政力に優れており、剣の腕も確かだそうだ。国境沿いの魔物は軒並み陛下が倒したと新聞で読んだことがある。

再婚相手を探していることは、カトリーヌとお義母様の話を漏れ聞いて知っていたが、なぜ私なのかまったくわからない。他に適切な令嬢はたくさんいるだろう。

それこそ、カトリーヌのような美しい髪色の。

「そこにはっきりと書いてあるのが見えませんか？」

しかしマルスラン様は念を押すように、文書を手にしている父に言った。父は観念するように呟く。

「書いてある……ジュリアと。……玉璽もある」

マルスラン様は満足そうに頷いた。

「そうでしょう。間違いではございません。国王陛下は、再婚相手に、ジュリア様を、ご指名です」

ひと言ひと言、はっきりとマルスラン様は発音して繰り返す。そうでないとこの家の者を説得できないと思ったのかもしれない。

カトリーヌの唇が力なく動いた。

「私が黒髪に負けるなんて……」

勝負したつもりはないのだが、勝った気もしない。

「あの、ひとつ質問していいですか?」

私はマルスラン様に思い切って声をかけた。

「どうぞ、ジュリア様」

「たとえば再婚相手と書いて植物園と読む慣例はありませんか?」

「なに言っているのよ、この子は」

ミレーヌお義母様がぎょっとしたように口を挟んだが、マルスラン様は動じず答える。

「読みません。再婚相手は再婚相手です」

――やっぱり。

私は諦めと驚きをなんとか同時に受け入れようとした。

「そうなんですか……では、間違いではないんですね。本当に私が国王陛下の再婚相手に？」

その問いかけを受諾と思ったのか、マルスラン様は私に向かってさっと跪く。

「はい。おめでとうございます」

「えっと……ありがとうございます」

マルスラン様は顔を上げて、私と父の両方に話しかけた。

「それでは早速ではありますが、明日の朝一番にジュリア様とロンサール伯爵当主のおふたりで宮殿にお越しください。詳細はこちらに」

私たちの戸惑いをよそに、てきぱきと必要事項が告げられた。


「本当に、心当たりがないのね？」

「ありません」

マルスラン様が去った後の大広間で、私はお義母様たちに口々に質問された。

しかし、私にしてもなにも答えられることはない。

「本当にわからないんです。陛下はどなたかと勘違いしているのではないでしょうか」

あれほどマルスラン様が念を押してくれたにもかかわらず、そう言ってしまう。

だけど、それは他の皆も同じだった。

「どう考えても勘違いとしか思えないわ」

ミレーヌお義母様がイライラしたように呟く。

「まったくよ。お姉様のくせに、あの陛下に見そめられるなんて信じられないわ」

カトリーヌもそっくり同じ表情で私を睨んだ。

父に至っては、私を責めるような口調だ。

「ジュリア、よく思い出せ。本当に陛下とお会いしたことはないのか？」

私はうんざりした気持ちを隠して答える。

「遠目で見たことくらいあるかもしれませんが、向こうが私を認識していることは考えられません」

国王陛下と私の関わりなんて、お互い王都で生活していることくらいしか思い浮かばない。

その他大勢のひとりとしてかなり広い範囲の同じ空間にいたことはあるかもしれないが、まったく覚えていない。顔も思い浮かばない。

父が腕を組んで、お義母様に言った。

「とにかく明日宮殿に行くしかないな。ミレーヌ、ジュリアに恥ずかしくない格好をさせておけ」

「承知しました」

お義母様は悔しそうに頷く。

頷けないのはカトリーヌだ。

「私は認めないわ！　お姉様がなにか裏から手を回したに決まっているのよ！」

「そんな大きな権力を使える知り合いが私にいると思いますか？」

私はうっかり冷静に反論してしまう。

「ぐっ……生意気ね！　お姉様のくせにっ」

よほど悔しかったのか、カトリーヌは父もお義母様もいる前で私に手を上げようとした。反射的に目を閉じたが、その手は私に届かなかった。

「カトリーヌ、その辺にしておきなさい」

なんと、父がカトリーヌの手を掴んで止めていたのだ。

カトリーヌも、私も、ミレーヌお義母様も、虚を衝かれたかのように父を見つめる。

カトリーヌを解放した父は厳かに言った。

「なにかの間違いの可能性はあるが、今の時点ではジュリアは国王陛下の再婚相手の有力候補だ。怪我でもしたらどうするんだ」

「え？　お父様？」

「旦那様……？」

カトリーヌとミレーヌお義母様が呆然と呟いた。だけど、驚いていたのは私も同じだ。

「それではジュリア、明日」

なぜか父はキリッとした口調でそう言って大広間を出ていったが、私の心はまったく動かなかった。

——国王陛下の再婚相手に選ばれただけで、お父様は態度を変えるのね。

嬉しさよりも虚しさが勝った。

だが、そのおかげで頭を切り替えることができたのも事実だ。

——とにかく明日、宮殿で詳しい話を聞いてみましょう。

なにが起こっているのか、そこでわかるはずだ。

私はまだ棒立ちになっているカトリーヌと、ミレーヌお義母様に頭を下げた。

「そういう事情なので、明日のドレスを貸していただけますか？」

「……仕方ないわね」

先に答えたのはミレーヌお義母様だ。

「お義母様？」

カトリーヌは裏切られたような顔でお義母様を見ていたが、やがてぷいっと出ていった。

「待ちなさい」

お義母様もカトリーヌを追いかけて出ていく。

ひとり残された私は、やっぱりこうなるのか、と妙な落ち着きを感じた。明日は疲れる日になりそうだ。

幸い、その夜は予知夢も悪夢も見ずに眠ることができた。

——現実の方が夢みたいだったからかもしれない。

2、双子の王子殿下たちの継母になります

そして翌朝。

サニタに手伝ってもらって、私はカトリーヌのドレスに袖を通した。

カトリーヌが去年の誕生日に着ていたものだが、たくさんドレスを持っているカトリーヌのことなので新品同様だった。

カトリーヌがこれを選んだ理由はなんとなく想像がついた。

かわいらしいリボンのたくさんついた淡い水色のドレスは、カトリーヌの髪色なら映えるだろうが、真っ直ぐで重い黒髪の私にはまったく似合わないのだ。

——貸してくれただけでもありがたいわね。

「お嬢様、お綺麗ですよ。お嬢様は肌が白くてお美しいですから、こういうお色も映えます」

鏡越しにそう声をかけてくれるサニタの優しさをありがたく受け止める。

「私の肌が白いとしたら、サニタの普段の手入れのおかげよ」

「元がいいから、手入れのしがいがあるんですよ」

すべての準備を終えた私は、諦めたようにサニタに言う。

「いってくるわ」

「いってらっしゃいませ、お嬢様！」

なぜかずっとご機嫌だったサニタは、笑顔で見送ってくれた。

父とふたりきりで同じ馬車に乗るという、かつてないほど気まずい無言の一時間を過ごした後、ようやく宮殿に到着した。

──帰りは別々にしてもらえないかしら。

ぐったり疲れた私はそんなことを考えながら馬車から降りる。そこへ案内人がさっと現れた。

「こちらでございます」

いくつ入り口があるのか、宮廷主催の夜会の時とは違うところから建物に入り、違う回廊を通り、違う場所に向かった。

──迷子になりそうな広さね。

案内人の背中を見失ったら、おそらく二度と同じ場所に戻れない。

なのに見るものすべてが珍しくて、私は辺りを見回すのをやめられなかった。

足元のふかふかの絨毯(じゅうたん)には豪華な紋様が織り込まれ、壁と天井の境目には繊細な意匠の飾りがつけられ、頭上には勇ましい戦いの構図の天井画と、等間隔に現れるクリスタルのシャンデリアが展開する。

「ジュリア、落ち着きがないぞ」

父に小声でたしなめられるほど、目を奪われ続けた。

「申し訳ありません」

その後はできるだけきょろきょろしないように心がけたが、それでも目に入るものすべてが美しく、やはり感嘆せずにはいられない。こんなに綺麗な宮殿の主が国王陛下なのだ。

──なのに、なぜ私？

「こちらでございます」

気付けば、いつの間にか目的地にたどり着いていた。

「お連れいたしました」

案内人が重厚な扉をノックする。

「入れ」

ゆっくりと扉を開き、私たちは中に足を踏み入れた。

最初に目に入ったのは、採光に長けた大きな窓だ。縁飾りは金色で、シャンデリアのきらめく装飾と一緒に輝いている。どっしりとした丸テーブルの側面にも金の装飾がつけられ、複雑で重厚な意匠が凝らされていた。

けれど、この部屋のどの光よりも眩いのはその人だった。

「やあ、ロンサール伯爵。そしてジュリア嬢。ようこそ」

気さくに声をかけてくださる、ティヴェール王国の現国王陛下、ルイゾン・レジス・サヴァティエ様だ。

——この方が、国王陛下。

絵姿も見たことないのにすぐにわかった。これほどまでに周囲を圧倒させる佇まいと親しみやすさを併せ持った人はいないだろうと思えたのだ。

首元まできっちりと釦(ボタン)が留められた真っ白な上着は、紫と金の縁取りが刺繍され、カフスに光っている青い石はサファイヤだろうか、陛下の瞳と同じ色だった。

だけど、真っ白な上着も、刺繍も、サファイヤも、国王陛下を引き立てているにすぎない。

なかなか視線を外せない私をよそに、父がさっと頭を下げた。

「ご招待、身に余る光栄でございます」

私も急いでそれに倣う。

「顔を上げて、気楽にしてくれ」

「恐れ入ります」

父が体を起こしたので私もそうした。真似ばかりだ。

「ジュリア嬢も、寛いでくれていい」

「お、恐れ入ります」

——カトリーヌが羨ましがるはずだわ。

こんな動く芸術品みたいな人なら、誰でも結婚したくなるだろう。

――だから、どうして私なのかしら。

ずっと同じ疑問を抱いている私をよそに、国王陛下はとんでもないことを父に提案した。

「伯爵、少しの間、ジュリア嬢とふたりきりにさせてくれないか」

「え」

思わず声が出る。いくらなんでもそれはまずいんじゃないかしらと父の顔を見ると、父は速攻で頷いていた。

「承知しました。それでは私はここで」

――あっさりしすぎじゃない？

国王陛下に逆らえるわけもないけど、せめて形だけでも年頃の娘を男性とふたりきりにさせることに懸念を表明してほしかった。

まあ、あの父がそんなことをするわけないか。

私が慣れた諦めを噛みしめている間に、いつの間にかお茶の用意がされていた。

「遠慮せず、座って」

上品な仕草で勧められるまま、私は丸テーブルの陛下の向かい側に腰かける。マナーが合っているかどうかもわからない。

「うん、いい香りだ」

お茶を飲む姿まで絵になる陛下に私は心から感服する。

「紅茶の気分ではなかったかな？」

「あ、いえ、恐れ入ります。いただきます」

持ち上げたティーカップには繊細な金模様が描かれていて、これだけで屋敷が一邸買えそうだと思った。

「緊張している？」

「それはもう」

普段は温室で魔草にまみれている私が、我がティヴェール王国で一番地位が高く、かつ、魅力の塊の国王陛下とふたりきりでお茶を飲んでいるのだ。緊張しないわけはない。

だから正直にそう答えたのだが、陛下は楽しそうに目を細めた。

「本当に緊張している人はそんなにはっきり返事はしないよ」

——そんなこと言われても。

どう答えればよかったのか思案していると、陛下は私に顔を近付けた。テーブル越しとはいえ、深く青い瞳が間近に迫って思わず息を呑む。そして目に眩しい金髪。

——本当に太陽みたい。

比べても仕方のないことだけど、どうしても考えてしまう。

同じ例外でも、かたや人々に尊敬され、かたや忌み嫌われる。

「私がこんなに近付いて、他のことを考えている人は珍しいな」

陛下の笑いを滲ませた声に、我に返った。

「失礼しました」

表情に出していないつもりだったが、見抜かれている。さすが一国の王だ。私はカップを置いて黙り込む。なにをしゃべっても失態に繋がる気がしたのだ。

その沈黙をどう捉えたのか、陛下もカップを置いて告げた。

「自己紹介しよう」

「え?」

――今さら?

私の疑問をよそに、陛下は体をわずかに後ろに傾けて微笑む。

「私の名前は、ルイゾン・レジス・サヴァティエだ。年齢は二十八歳。ジュリアの八歳上だね」

「は、はい」

――もう呼び捨て?

少々戸惑ったがよく考えると国で一番偉い人なのだから構わないかと、私は両膝に手を置いて次の言葉を待った。

「四年前、妻である王妃を亡くした」

「……あらためて、お悔やみ申し上げます」

ご成婚されて、一年も経っていなかったと記憶している。あの時は国全体が悲しみに包まれたものだ。

「ありがとう。その頃も今も、魔物が現れると、討伐にかかりきりで城を離れることが多い」

国王陛下が魔物討伐の腕に長けていることは、国民なら誰でも知っていることだ。私が黙って聞いていると、陛下はゆったりと続けた。

「それもあって最近は、新しい王妃を娶るようにと周りがうるさい」

お忙しい陛下に代わって宮廷での仕事を担う王妃様が必要なのだろう。私は小さく頷く。

すると陛下は、青い瞳を輝かせて付け加えた。

「だから、ジュリア。私は君を新たな王妃に指名した」

思わず息を止めた。

――直接言われる破壊力！

固まっている私に、陛下がからかうように問いかける。

「そのことは使者がすでに伝えているはずだが？」

「あ、はい。伺っております」

呼吸を再開させながら、私はなんとかそう答えた。

「ただ、君の正直な意見も聞きたくてね。さあ、なんでも言ってくれ。今度は君の番だ」

なるほど。私の意見を聞くための自己紹介だったのか。

それならばと私は陛下の整った顔を見つめ直して、背筋を伸ばした。緊張を振り払って思い切って尋ねる。

「率直に申し上げてよろしいでしょうか」

「どうぞ」

「失礼ながら、人違いの可能性はありませんか？　本当に私へのお話なのでしょうか」

「なぜそう考える？」

答えの代わりに、私は自分の髪をひと房手に取った。腰まで伸びたそれは、紛れもなく黒い。

私は陛下に見えるように、目の高さに掲げた。

「私のような、魔力もない黒髪令嬢に来るお話だと思えなかったからです」

「そこだよ」

「は？」

――どこですか？

「そんなに魔力があるのに誰にも悟らせない君だから王妃に相応しいと思った」

――バレている⁉

驚いた私は自分の髪から手を離す。

しかし、陛下は、つっと視線を上げ、私の頭の上の空間を眺め出した。なにをされているわけでもないのに無性に居心地悪く感じる。だけどすぐに収まった。

視線を戻した陛下は、完璧に美しい笑み浮かべる。

「ああ、なるほど。君は土魔法と火魔法だけじゃなく、なにか、特殊魔法も使えるんだね？

魔力の多さはそのせいかな」

——なぜ。

息を呑むと同時に、理解した。『王族の金髪』。

「観察眼ですか……」

——特殊魔法だ。

陛下は片目を瞑る。

「正解。ただし、他言無用だよ。ごくわずかな者しか知らないことだ」

——国王陛下の隠し事なんて共有したくないんですけど！

私の内心の焦りなど気にしない様子で、陛下は言った。

「これで人違いではないことは納得できたかな？」

人違いではないにしても納得はできない。

「でも、お会いするのは初めてですよね？　それでどうして王妃などと——」

「初めてじゃない」

「え？」

前提が根本から覆された。

「どこかでお会いしていましたか？」

「王宮に来たことがあっただろう？」

「ああ、魔物の討伐の祝賀会ですね」

私が一度だけ参加した夜会だ。

「あれをそのまま受け取っているのは君だけじゃないかな」

陛下の声に再び笑いが滲む。

「ほぼ、私の再婚相手を選ぶための夜会だったよ」

——えええええ⁉

驚きのあまり、頭を後ろに仰け反らしそうになってしまった。なんとかその手前で留まる。

「もちろん、表向きはただの祝賀会だし、私も乗り気じゃなかった。うるさい奴らの手前開いてみただけだ」

自分の疎さに嫌気がさすが、それを聞いて腑に落ちる部分もあった。

——だからカトリーヌはあの日、すべての誘いを断っていたのね。

国王陛下に選ばれるために。

——まったく気付かなかった。

陛下はそんな私をおもしろそうに見つめながら続ける。

「あの時、私は少し高い位置に座を作り皆を見下ろしていた」

そういえばそんな気もする。誰か偉い人が特別な台座に座っていた。

「君は遠目からも目立っていた」

——あんな遠くからでもわかるくらい？

陛下はその時のことを思い出すように、私を見る。

「黒髪なのに魔力がないという前評判だったのに、観察すれば膨大な魔力があるじゃないか。それでちょっと興味を抱いた」

まさか、魔力なしの振る舞いが裏目に出ていたなんて。

「周囲に避けられていても臆せず、堂々としているところもおもしろかった」

「堂々となんかしていません」

「壁の花になっているつもりだったんだろうけど、十分、堂々としていたよ」

私は頭を抱えたい気分になる。

「そのうち君は外に出た。あの場で私に興味を持たないなんて珍しい。おもしろいから後をつけてみると、庭園でなにかを探している様子だった」

宮廷には宮廷の、特別な魔草が生えていないか探していたのだ。

「でも見つからない様子だった」

そう、さすが宮廷庭師。建物と土の間や壁の下など、見落としがちなところにも魔草は生えていなかった。

私はため息ついて聞いた。

「それで、私を王妃に？」

よくわからないが、あんなところでこっそりと後をつけるくらいだ。陛下が私に興味を持って王妃に指名してくださったのは確かなようだ。

「まあ、きっかけはそうだね」

「魔力を隠していたことは認めます」

私は陛下に向き直って続けた。

「ですが、それと王妃に相応しいかは別のお話ではないでしょうか。黒髪だからと忌み嫌われてろくな社交もしてこなかった私では、陛下の再婚相手は務まらないと思います」

「正直な人だね」

「後からがっかりされるくらいなら、今きちんと話しておいた方がいいと思いました」

なるほど、と陛下は頷いた。

「それならば私も正直に答えよう――王妃としてはお飾りでいい」

「え」

お飾り？　王妃が？

――今サラッととんでもないことを言われたような。

「君に頼みたいのは」

だが陛下は、もっととんでもないことを口にした。

「王子たちの継母としての役割だ」

――王子……たち？　継母？

そういえば前王妃様には、忘れ形見の王子様がいらっしゃったような。だが、おひとりかと思っていた。まだ幼いせいか表に出てくることはなく、それ以上の噂を聞いたことがなかったのだ。

――って、待って。その王子様たちの義理の母親に私が？

「四歳になるんだが――」

「無理です」

恐れ多くも陛下の言葉を遮って、私は言った。

気を悪くした様子もなく、陛下は問う。

「どうして？」

「子どもを持ったことのない私が、殿下たちのよい母親になれるわけがありません。小さな子と触れ合ったことがまったくないんです」

乳母のネリーのお孫さんの話は聞いていたけれど、一緒に暮らしたことはない。

「ああ、うん。その気持ちはわかる。君が誠実な人だからこそ、そう言ってくれるのも」

陛下に引く気配はなかった。それどころか、まだまだ説得しようとする。

「ジュリア、これは極秘中の極秘なんだが」

――そんなもの聞いたら、生きて帰れないんじゃないですか⁉

怯える私が止める間もなく陛下は囁いた。

「王子たちは双子なんだが……ふたりとも魔力がない」

「え？」

思わず固まって瞬きを繰り返す私に、陛下は小さく頷いた。

本当なのだ。

双子であることも驚きだったけれど、それ以上に魔力がないことが信じられなかった。

だって、王族に魔力がないなんて聞いたことがない。

「だから、君が適任なんだ。魔力がありながら周囲に隠しているジュリアなら、その逆の苦労もわかるだろう」

――陛下の言葉に嘘はない。本当に思ったことを私に伝えてくださっている。

そう感じ取った私は、だからこそ尋ねた。

「だとしたら……世話係という名目でもいいのではないでしょうか。それだけで王妃というのは、あまりにも立場が重すぎます」

陛下は、髪と同じくらいその青い瞳を輝かせる。

「それだよ！」

「え、ええ？」

なぜか、我が意を得たりとばかりに語り出した。

「逆に言うと、私が求めているものはただの世話係では責任が軽すぎるのだ。立場の弱い世話係には、あれこれ指図する人間がたくさんいる。期間も短い。私は王子たちと長期的な信頼関係を結んでくれる相手を探していたんだ」

「そ、それが、私ですか？」

「ああ。付け加えるなら、君の実家が国政に口を出せるほど大きくはないのもいい」

――まさかの実家の小ささが選ばれる理由⁉

さぞいろんな有力貴族から再婚相手を勧められてきたのだろうが、それにしても率直すぎやしないだろうか。

陛下は小さく笑って付け足した。

「だけど、なにより一番の理由は、ジュリアなら王子たちのよき理解者になってくれるのではないかと思ったことだよ」

「どうしてそこまで言い切れるんですか？」

今の段階で私はなにひとつ成し遂げていないのに。

陛下は張りのある声で言う。

「ひとつには、私が自分の観察眼に自信を持っているということがある」

なるほど。根拠は自分なのだ。私は変に納得する。

――一国の王らしいわ。

おそらく、それで危険を回避したことが多々あったのだろう。

観察眼は、相手の性質、向き不向きまでわかると本で読んだことがある。

――つまり、陛下は。

私は思い浮かんだ仮説を口にした。

「陛下の観察眼は、魔力の多寡や能力の有無だけでなく、その人の悪意までわかるということですか？」

それなら、初対面の私をここまで信用してくれるのもわかる。

ついでに言えば、陛下の代になってから国内が安定したのも観察眼でふるいにかけられた人が多くいたからだろう。

「どうかな？」

だけど、陛下は明言を避けた。

「悪意といっても曖昧なものが多いだろう？　その人にとっては善意かもしれない。あまりにも攻撃的な人物はわかることが多いけれど、その攻撃性が必要な場合もある。なんとも言えないね」

――結局よくわからないわ。

「これ以上は、王子たちに会ってもらった方が話が早い。今から顔を合わせるのはどうだろう」

陛下は立ち上がる。

「今からですか？」

「ああ。ただ、今日、王子たちに会ったことは漏らさないでくれ」

「わかりました」

頼んでいるようでいて、命令だった。だが、もともと友人などいないので、広めようがない。父やミレーヌお義母様に言うつもりは最初からなかった。

――あ、でも。

「私がいきなり伺って、殿下たちは大丈夫でしょうか」

「今日、人に会うかもしれないことは伝えている。普段誰も来ないからね。喜んでいたよ」

――普段誰も来ない。喜んでいる。

引っかかりを覚えながらも、部屋の隅に向かって歩き出した陛下の背中を追った。

「ここから入るんだ」

そう言うと、陛下は一見なにもない壁の右端に手をかける。さほど重さを感じさせることもなく、壁が左側に移動し、空間ができた。

覗き込むと、奥には通路が広がっている。

壁に見せかけた隠し扉だ。

「さあ、行こう」

私は陛下の後に続いて、秘密通路に足を踏み出した。

暗くてジメジメしているのかと思ったら、意外にもただの通路だ。窓もある。

「この宮殿は複雑な作りだからね。王子たちの住まいにすぐに行けるように後から作ったんだ。外から見ても不自然じゃないはずだよ」

やっぱり住んでいる人からしても迷いそうな宮殿なのだ。

歩きながら陛下は言った。

「王子たちに会う前に、ひとつ約束してほしいんだけど」

「はい」

「継母の話が出ていることを王子たちは知らない。だから、断るなら王子たちのいない場所にしてほしい。あくまで今の君はただのお客様だ」

「……断ってもいいんですか？」

意外だった。ここまで聞いて断れるとは思っていなかった。

「乗り気じゃないのに継母になられるより、はっきり言われた方がいい。秘密を守ってもらう話し合いはするけれど」

なにげに怖そうな話し合いだ。

——まあ、でも、陛下が本当に王子殿下たちを思って継母を探しているのは感じられるわ。

歩きながら、さっき聞いた言葉がすとんと理解できたのだ。

『魔物が現れると討伐にかかりきりになることが多いから』

留守がちな自分の代わりに、王子殿下たちの力になれる人を探している。

「さあ、ここだよ」

そんなことを考えていると、いつの間にかひとつの扉の前にたどり着いていた。普通の扉だ。

陛下はそれを開きながら、中に向かって声をかける。

「ロベール！　マルセル！　お客様だよ」

「おきゃくさま？」

「父上！」

跳ねるような喜びが伝わる、愛らしい声がふたり分聞こえてきて、私は挨拶するべく顔を上げた。

――そしてすべてを理解した。

「ジュリア、紹介しよう。ロベールとマルセルだ」

幼いながらも高貴さを感じさせる、陛下そっくりの顔立ち。陛下そっくりの青い瞳。

だがその髪色は、今まで見たことも聞いたこともない――銀髪だった。

「ロベール・シャリテ・サヴァティエです」

「マルセル・ルリック・サヴァティエです」

「……ジュリア・レーヴ・ロンサールと申します」

驚いている暇もなく、挨拶を交わすと、王子殿下たちは陛下にしがみついた。

「父上！　しつむ、おつかれさまです！」

「おつかれさまです！」

「今日、父上とお会いできるときいて、まっていました」

「わたしもです！　たのしみでした！」

——か、かわいい！　愛らしい！　眩しい！

挨拶の口上は丸暗記なのだろう。そこだけはっきりしていたが、普段の口調はもう少しゆっくりで舌足らずだった。

サラサラの銀髪は、背後は襟足、前は眉上で切り揃えられているのだが、細い首とあどけない目元がすっきりと出ていて、この髪型を選んだ理髪師を褒め称えたくなる。

服装は色も形もまったく同じものを着用しており、襟のついたレースのシャツに、半ズボンと長靴下姿だが、並ぶとかわいらしさの相乗効果で見ているこっちの息が止まりそうになる。

だがなにより心奪われたのは、その声だ。

——子どもって、男の子でもこんなに声が高いのね。

どんな楽器よりもかわいらしいその声を聞いていると、音楽よりも癒されると本気で思った。

ずっとしゃべっていてほしい。かわいい。かわいすぎる。なにもかもかわいい。

——カトリーヌにもこんな頃があったはずなのに、まったく知らなかったわ。

父とミレーヌお義母様が再婚した時、カトリーヌはすでに一歳だったのだが、顔を合わせたのは初対面の時だけ。その後はカトリーヌが自由に動き回れるようになるまで、同じ屋敷にいながら会うこともなかった。

「ロベール、マルセル、お客様と一緒にお茶をしよう」

心なしか、陛下も王子殿下たちと接している時はさっきよりも態度が柔らかくなっている。

「おちゃのみたいです！」

「わたしもちょうど、おちゃがのみたかったです！」

「本当か？」

「ほんとうです！」

「ぜったい、ほんとうです！」

——か、かわいい。

一生懸命、陛下と戯れるおふたりに私は思わず目を細めた。

そうしている間に、どこからともなく現れた茶髪のメイドが、テキパキとお茶の用意をしてくれる。

「ありがとうございます」

礼を言うと、目を合わせることなく一礼して出ていった。

「父上、ここどうぞ」

「父上、ここもどうぞ」

ロベール様とマルセル様がそれぞれ自分の隣を陛下に薦める。

「ではここに座ろう」

陛下はおふたりの間に腰を下ろす。

「ジュリアも気楽にしてくれて構わない」

「ありがとうございます」

ロベール様とマルセル様が嬉しそうに陛下越しに顔を見合わせる。

「父上のとなりだぞ！」

「わたしもとなりだからね！」

「さあ、飲もう」

陛下がカップに手を伸ばすと、ロベール様もマルセル様も慌てて自分のカップに手を伸ばす。

「はい！　父上」

「いただきます！　父上」

向かい側に腰かけた私は、その様子を微笑ましく見つめていた。いや、もう観察と言ってい
い。目が離せなかった。

おふたりは、とてもとても小さな手で、上手にカップを持っている。

手そのものの愛らしさも格別だが、その爪の小ささにも感嘆した。

よう。

——全部、かわいい。なにもかもかわいい。かわいい以外言葉が出ないんですけど、どうし

自分の中にこんな感情があるとは思わなかった。

「ロベールもマルセルもしばらく見ないうちにまた背が伸びたんじゃないか？」

陛下が話しかけると、おふたりとも目を輝かせて返事をする。

「わたしのびました！　ねている間にのびるってジャネットからききました！」

「ロベールだけじゃなくわたしものびました！」

「うん。えらいぞ」

おふたりは、また陛下越しに話をする。

「マルセル、わたし、えらいぞ」

「なんだよ、ロベール、わたしだってえらいんだからな」

微笑ましいやり取りを見ているだけで幸せな私だったが、にこにことお茶を飲むだけの人になっていることに気付く。

——どうしよう。なにか話した方がいいかしら。でもなにを言えば？

考えてみれば子どもが喜びそうな話題を思いつかない。自分がおふたりくらいの年齢だった頃、なにを考えていたのかも朧げだ。

——でも、一緒にいて楽しいんですよ？　どうしたらそれだけでもわかってもらえるかしら。

乳母のネリーのお孫さんの話を思い出そうとしているが、焦っているせいか頭の中が真っ白になる。

おふたりも私とどう関わっていいのかわからず、チラチラと横目で見るだけだ。視線が合うとすぐに逸らされる。だが、その様子がまた……至福だった。

――ああ！　今こそ自分の社交下手を呪いたいわ！

興奮しすぎてしゃべれなくなった私をどう捉えたのか、お茶を飲み終わると陛下がすぐに席を立った。

「ロベール、マルセル、少し席を外すよ」

「えええええ、父上とあそべないの」

「マルセル、父上はおいそがしいんだよ」

「ロベールだってあそびたいくせに」

私はハッとした。陛下が早めにここを立ち去るのは、私への気遣いだ。だけどこのままではおふたりになにも伝わらない。

私は思わず両殿下の前に膝をついて、話しかけた。

「マルセル様、ロベール様」

おふたりは私をジッと見つめている。

――う、緊張する。

王子殿下たちに対して正しい振る舞いかどうかわからなかったが、どうしても今、自分の気持ちを伝えたかった。陛下がなにも言わずに見守っているのを頼りに、私は心を込めておふたりに話した。

「今日はあまりお話しできなくて申し訳ありません」

王子殿下たちは私をジッと見たままだ。

私は大人に言うように、殿下たちにお願いする。

「また、会いにきてもいいですか？」

「……また？」

「こんどは、おはなしできるの？」

「はい。今度はもっと長くお話できるように頑張りますね。陛下にお願いして、また連れてきていただきます」

「じゃあ、まってる！」

「うん！」

「ありがとうございます。それでは失礼します」

私は心からの微笑みを殿下たちに向けることができた。

「ジュリア、それでは行こうか」

「はい。陛下」

もう一度お辞儀をして、その部屋を出た。

名残惜しくて振り返ると、小さいおふたりは寂しそうに陛下を見送っていた。

最初の部屋に戻り、私と陛下は同じ丸テーブルに座り直した。

「お産に立ち会った宮廷侍医の話では、生まれた直後はふたりとも金髪だったらしい。それがみるみるうちに銀髪になっていった。魔力は産まれた時からなかった。ふたりともだ」

陛下の説明に、私は目を丸くした。

髪の色が勝手に変わるなんて、初めて聞いたのだ。

「今までの王族の歴史で同じようなことはあったのですか？」

念のためそう聞いたが、陛下は首を横に振る。

「調べた限り、そんなことはなかった。王妃の家系もだ」

「そうですか」

私は静かに頷いた。血筋は関係ないのかもしれない。私の黒髪だって、家系とは関係なく現れたのだ。

「ジュリアの答えを聞く前に、もう少し話していいか？」

「え、あ、はい。もちろんです」

「前王妃は出産と同時に死亡したんだ」

「そうでしたか……お産で命を落とす例は、庶民や貴族にかかわらず耳にします……」

慰めともつかないそんなことを言ってしまったが、陛下は気を悪くした様子もなく続けた。

「ああ、私もそれ自体は悲しむべきことだと思うが、誰にでも起こり得ることだと思っている。だからこそ、王として医療者に改善を求めたが」

「ありがたいことです」

「だが、一部の者はそれを彼らのせいだと言い募った。双子は災いを呼ぶという迷信があるんだそうだ」

「は?」

うっかり、失礼な口調になってしまったが、陛下は咎めなかった。

「迷信ですよね」

「私もそう思っている。だが、お世話係が続かないのは、そういった理由もあるのだ」

「ばっ……」

——ばっかじゃないの!

慌てて言葉を飲み込んだが、憤りは収まらなかった。

「人を不幸にする迷信を守って誰が幸せになれるでしょうかっ!」

語気荒く言ってしまったが、陛下も同調するように頷いた。

「私もまったく同じ考えだよ」

「陛下」

「なんだ?」

「お受けします」

「え?」

「さっきのお話、お受けします」

止まらなかった。陛下が、もう一度確認してくれたら言おうと思っていたのに。それが礼儀だとわかっていたのに。

私は陛下の目を見て、しっかりと主張した。

「王子殿下たちの力になれるなら、なんでもします。継母になるのがいいとおっしゃるなら、なります。すぐになります!」

「落ち着いて、ジュリア」

「……申し訳ありません……でも」

自分の中にこんな激情があるなんて知らなかった。

「私がそばにいることでどんな役に立てるか、わかりません。黒髪だから、足を引っ張るだけかもしれない。でも、そんなことよりただ力になりたいんです。守りたいんです。殿下たちが少しでも安心してくれたら……いいなと」

言いながら落ち着いてきて、羞恥心が出てくる。

「あの、失礼しました。私、興奮してしまって。さっきから偉そうに」

「いや、君の正直なところは気に入っている」

陛下に気を遣わせてしまった。私はただただ恐縮する。

「ありがとうございます」

陛下は机に乗せた手を組んで、私に問いかけた。

「では、さっきの話を受けてくれるということでいいね？」

私は、視線を落として頷く。

「はい。おこがましいかもしれませんが、殿下たちのそばにいたいと思いました……すみません」

「なぜ謝る？」

「話しながら気付いたんですけど、そこに私情があるからです」

「私情？」

はい、と私は顔を上げた。

「あんなにかわいらしい王子殿下たちが、私のように髪色で理不尽な目に遭ってほしくないという私情です」

陛下はゆっくりと首を左右に振った。

「いや、その私情を利用しようと思ったのは私だ。それでもいいかな？」

「もちろんです。お声がけくださりありがとうございます」

「よし、それでは、君の気が変わらないうち、契約書を作ろう」

陛下は立ち上がり、部屋の隅のチェストから書類を持ってきた。

「契約書ですか？」

すでに用意していたのだとしたら、準備万端すぎる。

陛下は羽ペンを手に笑った。

「ああ、普通の結婚とは違うからね。お互いの利害をはっきりさせておきたい。疑問に思うことあれば言ってくれ」

優しい方だなあ、と再び私は思う。陛下の立場からすれば、私などいつでも捨てることができるのに。

「では、お願いします」

私に見えるように丸テーブルの上に書類を置いた陛下は、順に説明する。

「まず、君のすることなんだが……王妃の役割は私が頼むこと以外はやらなくていい。主な役割は、継母として王子たちのそばにいることだ。君が望むなら、王立植物園の出入りも自由にできるようにするし、魔草の研究を続けてもいい。そんなところでどうかな？」

「魔草のことをご存じなんですか？」

まだ話していなかったのに、契約書にはすでに魔草の文字がある。

陛下はあっさり白状した。

「言い忘れていたけど植物園に採用されなかったのは、私が手を回したからだよ」

――今、なんとおっしゃいました？

「最終候補まで君は残っていた。植物園長に意見を聞かれて、今回の採用は見送るように頼んだんだ」

「なんてことするんですか！」

優しいと思ったことは撤回する。やはり王だ。手段を選ばない。

「先に継母になる話をしたかっただけだよ。だが、添えられた論文は興味深かった。新たな視点を持つ研究者は国にとっても宝だ。研究を続けてくれ」

「継母になるのを断っていたらどうなってました？」

「次回に応募した時、優先的に採用していただろうな」

少々疑わしいけれど、それならまあいいか……いいのかな？

「それで、温室はひとつでいいかな」

陛下はどんどん話を進めていく。

「はい、十分です……えっ？　温室をいただけるんですか？」

「利便性を考えると宮殿にも君専用の温室があった方がいいだろう」

「あ、ありがとうございます」

「あと、ここからは命令でなく、要望なんだが……愛人や恋人を作るのはできるだけ控えてほしい」

「必要ないから大丈夫です。あ、陛下がお作りになる場合は、王子殿下たちへの影響も考えて内密にしてくださると助かりますが……」

陛下はちょっと驚いたように目を丸くしたが、すぐに頷いた。

「私もそんなつもりはないよ。愛人や恋人を作りたくないのもあって、再婚相手を探していたんだ」

私は納得する。

「魔物の討伐にお忙しい毎日ですものね」

「まあ、そういうことだ……君の特殊能力について詳細を聞くのは、信頼関係ができてからで構わない」

「よろしいのですか？」

「そう聞きたいのはこっちだよ。君のこれからの人生をかなり縛ることになるのを覚悟してほしい。王子たちがある程度の年齢になるまで、王妃でいることがこちらの希望だ。それに伴い不適切な行動は控えてほしい。法に違反するようなことだね」

確かに王妃が法を犯してはいけないだろう。

「承知いたしました」

「ただ、どうしても離縁したい時は話し合いに応じる。円満に離縁した場合は、その後、年金を支給するよ」

私は目を見開いて聞き返す。

「えっ、離縁した後もいただけるんですか？」

「王妃なのだから、当然だ」

厚遇に驚いたが、ハッと思い当たる。

「それほどいい条件ということは、なにかまだ私にしてほしいことがあるのでは……」

「さすがだな」

陛下は、目を細めた。

「半年後に『橋渡りの儀式』があるんだが、王子たちがそれを無事にこなす手伝いを君にしてもらう」

——橋渡りの儀式？

「初めて聞く儀式ですね」

「王族の成長を祝う通過儀礼なので、一般にはあまり知られていないな」

陛下は淡々と説明する。

「『天使が作った橋』と呼ばれる、険しい場所に架けられた屋根付きの橋を、王子たちがふたり一緒に渡るものだ。言っておくが、古くて暗くて揺れるので、渡って楽しい橋ではない。屋根があるのは、橋の中でなにが行われているかわからないようにするためだ」

「通過儀礼とおっしゃいましたものね。勇気を試すのですか」

「そんなところだ。もちろん刺客など潜んでいないように十分警護しているが、時間がかかりすぎたら、王太子失格となる」

意外と厳しい儀式だった。だけど陛下はあっさりと言う。

「だが、今では形式だけのものになっている。たとえ中で寝てしまって丸一日かかっても、私が彼らを王太子失格などさせない」

王太子、という言葉に私は疑問を抱いた。

「どちらが王太子になるか決まっているのですか？」

「ギリギリまで決めないつもりだ。ああ、それに関しては君の意見は聞かない」

「陛下のお心のままに」

「ですが、その儀式、もしかして殿下たちの公式の初のお披露目ではございませんか？」

「ああ」

王太子選抜に口を出すつもりもない。

差し出がましいと思いながらも私は聞かずにはいられなかった。

「……髪色はどうなさるつもりですか」

「迷ってはいるけどね。一応、薬草で染める予定だ」

なるほど、と私は納得する。そもそもが薄い銀だから、黄色あたりに染めると金髪に見えるだろう。

「そしてジュリア。ここで君の出番だ」

「はい？」

なんだっけ、と思っている私に陛下は言った。

「魔力なしと思われている君は王子たちのそばにいて、必要なら魔法を使ってほしい。王子たちが使ったと思わせられるように」

――狡猾！

でも、今はそれが頼もしく思える。

「承知しました」

ただし、頷いてから付け加えることは忘れない。

「……どちらかといえばそれが私を継母にした理由に思えますが」

陛下は片目を瞑った。

「君以上の適任はないと思った私の気持ちが通じたね」

「ありがたいことです。ですが、陛下……いつまでも私がこっそりと魔法を使うわけにはいかないんじゃないでしょうか」

それでは根本的な解決にはならない。すると陛下は腕を組んで頷いた。

「わかっている。王子たちが成人するまでに魔力がなくても王位を継げるようにする」

「え？」

「観察眼なんて能力を持っていると、髪色がいかに人の資質と関係ないかわかるんだよ。だから、髪色に関係ない制度をどんどん作っていこうと思っている。そして、最終的にはそれを王子たちの即位に繋げる」

「……簡単なことではございませんよね」

「だけど私はやり遂げる。その礎を作るのが、観察眼を与えられた私の宿命だと思っているからだ――あの子たちを日陰者にするつもりはない」

私は不意に、グラシア先生から転送してもらった植物園の求人を思い出した。

『髪色にもこだわらない』と明記されていたあれはもしかして。

「あの、植物園の募集要項って……」

「私が指示した」

私は胸がいっぱいになった。

ようやく落ち着いて、なんとか言葉にする。

「……ありがとうございます」

「なんのお礼だ」

「一国民として、魔力がなくても王子殿下が王位を継げる日が楽しみなので、そのお礼です」

「気が早いな？　そのためには君の協力が必要なんだが」

「なんなりとお申しつけください」

そんなわけで、私は国王陛下の再婚相手になることに同意した。

3、これが至福でなくてなんなのでしょう

『国王陛下の再婚相手』の肩書は、その後の私の生活を一変させた。

特に、父の手のひら返しはすごかった。望んでいないのに、勝手に私のクローゼットを開けさせ、中身の少なさについてお義母様に詰問する。

「ジュリアのドレスがこれだけとはどういうことだ？　ミレーヌ、説明してもらおう」

「いえ、あの、それは旦那様」

お義母様にだけではない。カトリーヌに対して厳しくなったのには驚きを通り越して、もはや呆れた。

「カトリーヌはちょっと贅沢しすぎなんじゃないか？　わがままもほどほどにしなさい」

「わがままだなんて……ひどい！」

カトリーヌにしては裏切られた気分だっただろう。なにしろミレーヌお義母様まで、それに同調するのだから。

「そうね、それはその通りだわ。カトリーヌ、あなたもっと自重しなさい」

使用人たちも突然私に丁寧に接するようになったが、なにひとつ嬉しくなかった。

それもこれもただただ私が陛下の再婚相手に決まったからだ。

──結局、お父様は私のことを一度もちゃんと見てくださらなかったのよね。

わかってはいたが、虚しかった。

だけど、切り替えることはできた。

『橋渡りの儀式』まで時間のないこともあって、私は急いで陛下のところに嫁ぐことになった。

慌ただしさに助けられ、それ以上落ち込むことはなかった。

新しい生活に必要なものは全部陛下が手配してくださった。私に必要と思われる本や資料、結婚式の準備なども含めてだ。おかげで、一カ月と経たずに私はこの屋敷を出ることができた。


結婚式当日の朝。

父とお義母様とカトリーヌと、屋敷で働く人全員が並んで見守る中、私は馬車に乗り込む。

陛下が贈ってくださった濃い青のドレスを着た私に、父がお世辞を言った。

「ジュリア、綺麗だよ」

愛想笑いも返せない私に、父は機嫌よく続ける。

「デジー家の人たちもおめでとうと言っていたよ。式に出席したがっていたが、身内だけだと断っておいた。当然だ」

デジー家とは、亡くなったソニアお母様の生家だ。黒髪の私が産まれて以来、連絡などなかった。

「まあ、厚かましい」

ミレーヌお義母様が、父の隣で眉を寄せる。

「ジュリア、それよりバザン家のお祖父様が会いたがっていたわ。血は繋がっていないけれど、あなたも大事な孫娘ですもの。陛下にくれぐれもよろしく伝えておいてほしいって」

バザン家は、ミレーヌお義母様のご実家だ。

さすがに私は肩を竦める。

「一度もお会いしたことのないお祖父様の話を陛下にするほど、話題に困っていませんわ」

「なっ……」

「ジュリアの言う通りだ。ミレーヌ、お義父上にはもっと慎んでもらいたい」

「あなた!?」

言い争いを始めた父とお義母様から離れ、私は使用人たちの列の前に移動した。

「今までお世話になりました」

挨拶すると、皆、気まずそうに目を逸らす。

ドニだけが一歩前に出てくれた。

「お嬢様、どうかお体にお気を付けください」

「ドニ、ありがとう……本当に今までありがとう」

私にとって父よりもお義母様よりもカトリーヌよりも、ドニとネリーと温室が居場所だった。

「どうか、幸せになってくだされ」

くぐもった声でそう言うドニの、白髪混じりの眉が下がっている。

ドニを安心させるために、私は笑顔で付け足した。

「……魔草の研究は続けるの。陛下が温室も建ててくださるって」

「なによりです」

ドニがいる限り、少なくともこの屋敷の庭は安泰だ。それだけでもありがたいと思った。

メイドのサニタが私の背後から声をかける。

「お嬢様、そろそろ参りましょう」

「ええ」

陛下の許可を得て、サニタが私の宮殿付きのメイドになることは決まっていた。黒髪の私がいきなり宮廷で受け入れられる自信がなかったので、正直、かなり助かる采配だ。

「お父様、お義母様、カトリーヌ、それではまたのちほど」

「ああ、気を付けて」

「ごきげんよう」

別れの挨拶にしては事務的なそれに、カトリーヌだけが答えなかった。なにも言わずずっと黙って私を睨んでいる。

あの日、借りたドレスを綺麗にして返してから、ずっと。

——目の前からいなくなるのなら、修道院でも宮殿でも同じでしょうに、なにがそんなに気に入らないのかしら。

上を向くと、空がとても深く青く眩しくて、陛下の瞳を連想させた。

それに励まされるように、私はサニタと一緒に馬車に乗り込んだ。父たちは後から別の馬車で来るのだ。

「それでは皆様、お元気で」

窓越しにそう挨拶すると、馬車はゆっくりと動き出した。二十年間、生まれ育った屋敷とのお別れだった。

そうして、今、私は純白のウェディングドレスに身を包み、同じく純白の正装に身を包んだ陛下と祈祷室の扉の前で腕を組んで立っている。

宮廷内の小さな祈祷室で結婚の誓いを宣べるのだ。

向こう側から扉が開かれると同時に、私と陛下の名前が高々と告げられた。

「ルイゾン・レジス・サヴァティエ国王陛下ならびに、ジュリア・レーヴ・ロンサール伯爵令嬢の入場です」

私は陛下と一緒に、一歩を踏み出す。

王子殿下たちは、まだ小さすぎるという理由でここにはいない。

参列しているのは、私の父とお義母様とカトリーヌ。王兄殿下であるブレソール様。さらに厳選された高位貴族の方々。前王妃シャルロッテ様のご生家のバルニエ家御一行もいらっしゃる。

「噂通り真っ黒な髪だ……」

「まあ、瞳も黒いわ」

「陛下はどうしてあんな令嬢を……」

貴族の方々からそんな声が漏れ聞こえたが、批判されるのは承知の上だ。

国王陛下の再婚相手として、相応しい令嬢はたくさんいただろう。

でも、今ここにいるのは私だ。

私は決意を固め直して、祭壇に向かって立つ。

「人生は必ずしも平坦なものではありません」

大神官様が厳かな声で私たちに告げた。

「その苦労を分かち合うことが、結婚の意義になります……ルイゾン・レジス・サヴァティエは、ジュリア・レーヴ・ロンサールを妻とすることを誓いますか?」

「誓います」

「ジュリア・レーヴ・ロンサールは、ルイゾン・レジス・サヴァティエを夫とすることを誓いますか?」

「誓います」

——そして、継母として王子殿下たちの力になることを、誓います。

言葉にはしなかったけれど、私は胸の内でそう呟く。

「はんっ！」

再び腕を組んで陛下と退場しようとした時、そんな声が聞こえた。

——私のことを気に入らない人がいるのは当たり前ね。

諦める私だったが、陛下が予想外の行動に出た。

「力を抜いて」

「え？」

ふわり、と体が浮いたと思ったら、陛下が私を横抱きにして外に出ようとしている。

「え？　へ、陛下？」

小声でそう言うと、陛下は笑った。

「動くと落ちるよ」

——えええ？

確かに、本などでこんな場面は見たことあるけれど、あれはもっと華やかな会場で皆が花びらを撒いたりする時のじゃないかしら？

動揺する私だったが、意外にも拍手が起こった。

「おめでとうございますっ！」

誰だかわからないが、若い男の人の声も聞こえる。高位貴族のひとりだろうか。でも、その祝福は私の羞恥を余計に煽った。

――やめて！　もう！　恥ずかしいわ！

だけど、それがきっかけで、祈祷室全体に拍手が広がる。最終的には、その場にいるほぼ全員が拍手で私たちを見送ることとなった。

陛下は私を横抱きのまま控室に向かい、サニタが目を丸くして私を出迎えた。

わかっている。陛下はあえて私との仲が良好なふりをして、私を守ってくれたのだ。

――でも、恥ずかしかった！

「では、ジュリア、また夜に」

陛下は私の額にそっと口づけて、出ていった。

「お嬢様、ご結婚おめでとうございます！　サニタは安心しました！」

サニタが感極まったように涙ぐんだ。


また夜に、と言われたように、その日が私たちの初夜だった。

――なにもしないわよね？

王妃として望まれていないのだから、当然なにもしなくていいと思っていたのだが、一応離宮の寝室に向かう。

　これからは離宮が私の私的な生活の場所になるのだ。

　ちなみに本宮殿はルイゾン様の私的な場所で、それぞれ、王妃の宮殿、王の宮殿とも呼ばれている。ルイゾン様が執務をしたり、お客様をもてなしたりする場所はまた別にあり、そこは宮廷と言われている。

　王子殿下たちのお住まいはあの隠し扉からの通路で繋がっているが、表からはとても遠い場所にあり、王子宮と名付けられている。

　敷地内にいくつ建物があるのか、正直私には把握しきれない。

　――まあ、私は離宮と王子宮しか行かないでしょうけど。

　事情を知らないサニタはその夜、とても楽しそうに私を磨き、寝室まで送った。

「お嬢様、大丈夫ですよ。すべて陛下にお任せしましょうね」

　そう言い添えて、サニタは寝室を出ていく。

　サニタは私より年下なのに、なぜそんなに貫禄があるんだろう。余裕というべきか。

　そんなことを考えながら。私は豪華な天蓋付きのベッドの端にひとりで腰かけていた。

　――一分の隙もない繊細なレースだわ。

　天蓋の飾りの見事さに感心していると、ぬっと陛下が現れる。

「ひっ！」

心臓が飛び出しそうになった。

「驚かせたかな？　一応ノックはしたんだけど」

「いいえ、陛下の寝室ですから」

「君のでもあるよ。隣に座っても？」

「どうぞ」

私と同じようにベッドに腰かけた陛下は、入浴後のよい香りを漂わせながら微笑んだ。

「今日は疲れたね」

――落ち着け、心臓。

「いいえ、陛下こそ」

「ルイゾン」

「え？」

「結婚したのだから、名前で呼んでくれ。ルイゾンだ」

「ルイゾン……様」

「うん、それでいい」

さすがに呼び捨てにはできなかったが、それでもよかったらしい。ホッとした私は、つい大きく息を吐いた。

「もしかして、緊張している？」

「この状況に緊張しない人がいますか？」

くっ、と陛下が笑いを噛み殺す。

「大丈夫。なにもしない。形式的に一緒に寝るけれど、それだけだ」

体中の力が抜けるのがわかった。

「ありがとうございます！」

「いきなり元気になったね」

「いいえ、最初から元気でしたよ。それでは寝ましょう！　私はソファを使うので陛下……ルイゾン様はどうぞこちらへ」

ルイゾン様はちょっと考えてから言った。

「君さえ気にしなければ同じベッドでもいいいんじゃないか？」

──国王陛下と同じベッド？

「私が国王なら、君も王妃だよ。ソファに寝かすわけにはいかない」

「考えも読めるんですか？」

「だいたいそんなところかと予想しただけだ」

躊躇しなかったと言えば嘘になるが、筋は通っていたし、広すぎるベッドなのでそれでもいいかとわりとすぐ頷いた。

とにかく疲れていたのだ。

「わかりました。それでは私はこちらで。なにか不都合ございましたらいつでも起こしてください」

「ありがとう。君もね」

私はためらいなく寝具の中に入り、鼻の上までかぶって目を閉じた。

「おやすみなさいませ」

「……おやすみ」

ルイゾン様がもう一度笑いを噛み殺す気配がしたが、すでに睡魔に襲われていた私はなにも言えなかった。

恐れ多くも国王陛下と同じベッドだというのに、あっという間にぐっすり眠る。

疲れ果てていたのか、夢も悪夢も見なかった。

‡

——数分後。

「ジュリア、寝たのか?」

ルイゾンは小声で呟いたが、ジュリアが起きる気配はなかった。

——本当に寝たんだな。

半身を起こして、ジュリアが潜り込んだ寝具の山を見つめる。ゆっくりと上下するその山から規則正しい寝息が聞こえてルイゾンはまた笑いを噛み殺した。大声で笑っても彼女なら起きないかもしれないが。

自分と同じベッドに横たわってすぐに眠れる彼女が珍しすぎて、おもしろかった。

見た目と地位と髪色の全部を持っているルイゾンは、幼い頃からいろんな人物が近寄ってくることに慣れていた。

中にはルイゾンに興味のないふりをしたり強気な態度を取ったりする者もいたが、そんな者ほどすぐにルイゾンに対して好意を示す。

もちろん、友好的な者ばかりではなかった。ルイゾンが恵まれているという理由だけで敵視する人物も多く存在した。

前王妃シャルロットがそうだった。

婚約期間中から、シャルロットはルイゾンのことを毛嫌いしていた。

火のような赤毛が印象的なシャルロットはその髪色が示す通り、攻撃魔法の名門バルニエ公爵家のひとり娘だった。

婚約した時はルイゾン十八歳、シャルロット十四歳。

もちろん、政略結婚のための婚約だ。

お互いそれは承知していたはずなのに、シャルロットは一貫してルイゾンに打ち解けようとはしなかった。それだけではなく、ことあるごとに、赤毛の方が金髪より優れているという態度を見せた。

『歴史を紐解けば、赤毛のバルニエ家の活躍は数知れませんわ』

世が世ならバルニエ公爵家こそ王家だったと言わんばかりの言動をルイゾンに対して繰り返した。見かねた周りが何度か苦言を呈したが、本人にあらためる気配はなかった。

ルイゾンはそれを、傲慢というより幼さの表れと受け止めた。

成長とともに、視野も広がり考えも変わるだろうと特になにもせずに放っておくことにしたのだ。

そして四年が過ぎる。ルイゾンとシャルロットは冷め切った関係のまま結婚した。シャルロットは十八歳になっていたが、相変わらず赤毛以外の髪色を見下していた。

初夜のみ一緒に過ごしたが、シャルロットのルイゾンに対する態度は変わらない。辺境の地に大型の魔獣がたびたび現れたこともあり、ルイゾンはその討伐に率先して出かけることにした。

シャルロットに特に寂しそうな様子はなく、むしろいない方がいいとルイゾンに向かって言ったのを覚えている。

――シャルロットの懐妊は、辺境の地で知らされた。不便な場所ゆえ、ルイゾンが知った時にはもうかなりの時が経っていたが、ルイゾンはこれをきっかけに少しは夫婦らしい間柄になれるかもしれないと、急いで討伐を終えて宮殿に戻った。

だが、遅かった。

シャルロットは月満たずで銀髪の王子たちを産み、同時に息を引き取った。

ルイゾンはそこで初めて心から、シャルロットに申し訳なく思った。自分の愚かさに嫌気がさした。

なんの根拠もなく、時間はまだまだあると思い込んでいたのだ。

年上である自分がもう少し歩み寄るべきだった。

――子どもたちを産んでくれたお礼も言っていない。

せめて、残された双子王子たちを大切に育て上げることがシャルロットに報いる唯一の方法だとルイゾンは決意する。

だが、王子たちの祖父であり、シャルロットの父であるバルニエ公爵は信じられないことを言い出した。

『シャルロットのことは残念でしたが、あれの従姉妹にちょうどいい娘がいるからどうですか。次こそは銀髪の双子なんかじゃない子を産ませますよ』

シャルロットの死を少しも悲しまないその口調と双子王子たちへの侮蔑に、ルイゾンはバルニエ公爵家を表舞台から締め出すことを決断した。

じわり、じわり、とそれが進められていたが相手も馬鹿ではない。

ルイゾンの再婚相手を斡旋するという方法で、内側から干渉しようとしだした。

だが、ルイゾンは絶対にバルニエ公爵家の選ぶ相手と再婚するつもりはなかった。それならばなんの力もない弱小貴族の方がマシだ。

そう考えていた時、ジュリアに出会った。

黒髪令嬢のことは噂で知っていたが、魔力を隠しているとは思わなかった。興味を抱いて、調べれば調べるほど、ジュリアが最適に思えた。

最終的に、星の数ほどの候補者からジュリアを選んだことは間違いじゃないとルイゾンは思っている。

こんなにすぐに寝息を立てられる女性は後にも先にもジュリアだけだろう。

ルイゾンは小さく笑って、自分も眠るべく目を閉じた。瞼の裏に慣れた暗闇が広がるが、今日ばかりはジュリアの黒髪を連想させる。ルイゾンは、意識を手放す前にまた笑った。

‡

翌朝。

「おはよう、ジュリア」

起きるなり真っ先に目に飛び込んできたルイゾン様の美貌にはくらくらしたけれど、おかげでここがどこでどういう状況かすぐに思い出せた。

「……おはようございます」

たっぷり寝たからか元気になっている。

「今日から、よろしくお願いします」

ベッドの上であらためてそう言うと、ルイゾン様は楽しそうに笑った。

「こちらこそ」

朝の光の中でルイゾン様の金髪は、一層眩しく輝く。

私の継母としての日々の始まりだ。

最初にしたのは、顔合わせだ。

朝食を終えてすぐ、上等な紺色のドレスに着替えてルイゾン様と本宮殿の大広間に移動する。

本宮殿の主要な使用人と離宮の主要な使用人を集めて挨拶するのだ。

——人が多すぎる。

豪華絢爛(けんらん)な大広間にずらりと使用人たちが並び、それだけでも壮観だった。皆、背筋がぴしっと伸びており、仕事に誇りを持っていることがうかがえる。

感心していると私の隣でルイゾン様が話し出した。

「すでに知っている者もいると思うが、紹介しよう。ジュリア・レーヴ・サヴァティエ、昨日正式に神殿に認められた、新しい王妃だ」

「ジュリアです」

よろしくお願いしますと頭を下げたいところだが、ルイゾン様に止められているので我慢した。王妃らしくないというのだ。頭を下げられた方が困惑するから、と。ここでの私はルイゾン様に次ぐ立場になるのだから仕方ない。

結婚するにあたって私なりに、王妃らしい振る舞いを学んでいた。ルイゾン様が伯爵家に人を寄越してくれて、短期間だが練習してきたのだ。カトリーヌが悔しそうに覗き見をしていたことが忘れられない。

だが、実践はこれからだ。

あまりにも現実味がないせいか、緊張する暇もない。

――行き届いた使用人ばかりね。

私の黒髪を見て驚いた顔をする使用人もいたが、大半は表情に出さない。

さすがルイゾン様が選んだ人たちだ。

そんなことを考えていると、ルイゾン様が打ち合わせにないことを言い出した。

「ジュリア、紹介しておこう。オーギュスタン、フロランス、前へ」

その言葉で、前列のふたりが一歩前に出る。

白髪をオールバックにした年配の男性と、茶髪をきりりとひとつにまとめたミレーヌお義母様と同じくらいの年齢の女性だ。

ルイゾン様がそれぞれを手のひらで指して言う。

「オーギュスタン・ドゥエスタンとフロランス・リラマン。本宮殿の主席近侍と女官長だ」

――主席近侍と女官長！

本宮殿の采配をしつつ、宮廷とも繋がる大事な役割だ。

オーギュスタンが流れるように腰を折った。

「初めまして、王妃殿下。どうぞ、オーギュスタンとお呼びください」

フロランスも優雅に礼をする。

「ご挨拶いたします。どうぞフロランスとお呼びください」

私は精いっぱい王妃らしく見えるように、挨拶を返した。

「ジュリアです。オーギュスタン、フロランス、どうぞよろしく」

この辺りのやり取りは本で勉強したし、ルイゾン様と予行練習もしたから大丈夫だと思いたい。そうでないと、ルイゾン様の評判にも影響する。

――『悪魔の黒髪』にたぶらかされたとか思われたら一大事だわ。

なんとなく肩身の狭い思いになっていると、意外にもオーギュスタンが目だけで微笑んだ。

――あれ？

もう一度見つめると、もう真面目な顔に戻っている。見間違いかと思って今度はフロランスに視線を寄越すと、こちらは明らかに口角を上げて小さく頷いた。

――好意を示してくれている?

そう思いかけたが、どう考えてもそれほど好感度を上げることはしていない。長年カトリーヌたちに邪魔者扱いされてきた習性もあってか、自分のいいように思ってはいけないという自制心がまず働く。


――きっと、勘違いよね?

だってここは本宮殿。使用人とはいえ、格式ある家柄の者たちばかりだ。

「それでは」

混乱しつつもそう思っているうちに、顔合わせが終わってしまった。


その後は、ルイゾン様とふたりで王子宮を訪れる。

ようやくロベール様とマルセル様にお会いできるのだ。

並んで歩きながら、私はルイゾン様にこっそりと、先ほどのオーギュスタンとフロランスの微笑みについて話した。

「そのまま受け取ればいい」

ルイゾン様は楽しそうに答えた。

「まさか、本当に私に笑いかけてくれたんですか?」

「他になにがある? まあ、確かに主人にするには気安い態度だったかもしれないが」

「あ、いえ、嫌な感じはなかったんですが、理由がわからなくて」

ルイゾン様は大きく笑う。

「夜会で君に興味を持った私に、ぜひその方を継母に迎えなさい、と進言したのはあのふたりなんだ」

「そうなんですか？」

「ああ。あのふたりも王子たちのことはよく知っている。彼らの仕事が忙しすぎて王子宮は任せられないけど、君が来てくれて嬉しいと思うよ」

「……ご期待に応えられたらいいんですけど」

「無理はしなくていい。困ったことがあればなんでも言ってくれ」

「はい」

そんなことを話しながらやっと王子宮にたどり着いた。

お部屋をノックし、ロベール様とマルセル様に挨拶する。

「お久しぶりです。ロベール様、マルセル様。ジュリアです。覚えていらっしゃいますでしょうか」

「じゅりあ……？」

「じゅりあ……」

私の目の前に並んで立ったおふたりは揃って首を傾げている。

――ああ、やっぱり忘れられている！　わかっていたけれど、切ない！　切ないけど、かわいい！

「少し前に来たジュリアだよ。忘れたかい？」

ひとりで悶えている私をよそに、ルイゾン様が王子殿下たちに話しかける。

「んー？」

「だれ？」

殿下たちは、さっきよりさらに角度をつけて首を傾げた。おふたり揃って同じ角度で傾き、それがもうなんとも言えないかわいらしさで、私は飛び跳ねたいのを我慢する。

――かわいい以外の表現が浮かばない自分を叱咤したいわ！

おふたりは、その青い瞳で私をジッと見つめた。

「もしかして、じゅりあ……？」

「このまえの、じゅりあなの？」

「はい。ジュリアですっ！」

かわいらしい声に呼ばれ、元気よく答える。

ロベール様とマルセル様がそんな私を見て、ふわっと笑った。

――天使の笑顔……！

この間も笑った顔は見ていたけれど、それは父であるルイゾン様に向けたものだった。でも今回は私に向けられている。

それだけで胸がいっぱいになった。

——幸せ……！　幸せだわ！

「ジュリア、こちらがロベールで、こちらがマルセルだ。見分けるのは難しいがこれから顔を覚えていけばいい。ロベール、マルセル、ジュリアは今日から君たちの母になる。一緒に過ごすことが多くなるから、そのつもりで」

「ロベール様、マルセル様、あらためてよろしくお願いします」

私は慌てて膝をついて挨拶する。

おふたりとも、はにかみながら小さく頷いてくれたが、正直、まだどちらがどちらかわからない。それくらいそっくりだった。

ルイゾン様が父親の顔で説明する。

「違う服装や髪型を嫌がるんだよ。そのうちわかるようになると思うけど」

一日も早くその域に達しようと、私は密かに対抗意識を燃やした。

「ロベール様、マルセル様、今日からジュリアと遊んでくださいますか？」

「あそべるの？」

「いっしょに？」

「はい！」

おふたりとも嬉しそうな顔を見せる。

──やったあ！

だけど私も負けないくらい嬉しそうだったと思う。

「なにしてあそぶ？」

「なにをしましょうか」

私たちが今にも遊び出そうとしたその時、ルイゾン様が口を挟んだ。

「遊ぶのはいいけど、ふたりとも、その前にひとつ約束がある」

──んもう、早く遊びたかったのに。

我ながら子どもみたいなことを考えながら立ち上がった。しかし、王子殿下たちは礼儀正しく、さっとルイゾン様に向き直る。

「はい、父上」

「なんでしょうか、父上」

──こんなに小さいのにしっかりしているわ。私も見習わないと。

私が内心で反省していると、ルイゾン様は王子殿下たちに再び私を紹介するように、手のひらを向けた。

「ジュリアのことはこれから母上と呼びなさい。私のことを父上と呼んでいるように」

「ルイゾン様っ、それは！」

私は思わず叫ぶ。呼び方にはこだわらないつもりだったのだ。王子殿下たちの気持ちが固まるまで。

だけど、ルイゾン様は首を横に振った。

「後からでは余計に呼びにくくなるよ」

——そうかもしれないけれど。突然すぎない？

だが、おふたりはすぐに揃って口を開く。

「じゅりあじゃなくて、母上……」

「じゅりあが、母上……？」

「そうだよ、ロベール、マルセル」

「わかりました！」

「はい！」

……あれ？

ルイゾン様は私に向かって頷いた。

「大人が思うほど、呼び方にこだわらないと思う。実の母の記憶もないんだ。周りが後からいろいろ教えたものはあるだろうけど」

「そうなんですね……」

「母上、あそびましょう」

「あそびたいです！」

ロベール様とマルセル様が私の両側に立って、手を伸ばしてくれた。

「遊びます！」

私は力いっぱい答える。

「ジュリアが一番はしゃいでいるみたいだね」

ルイゾン様が笑ったので、私はそちらにも手を伸ばした。

「ルイゾン様も一緒にぜひ」

「父上も？」

ロベール様が嬉しそうに目を輝かせる。

「父上もいっしょがいいです！」

マルセル様は、飛び跳ねんばかりに叫んだ。

「わかったよ。じゃあ、なにをする？」

「そうですね、いいお天気なので外に出るのはどうでしょう」

庭園を一周するだけでも、おふたりにはいい運動になるに違いない。

それならばキリのいいところでルイゾン様も執務に戻れると思って提案したのだが、おふたりはまた首を傾げた。

「どうしたのですか？」

「母上、まだ明るいですよ？」

「くらくならないと、出ちゃいけないですよ？」

「え？」

まさかと思ってルイゾン様を見つめると、バツが悪そうに眉を寄せた。

「今までの世話係や乳母たちが、夜にならなければ外に出てはいけないと教えていたみたいなんだ。私も魔物の討伐で留守にすることが多く、気付いたのは最近だ」

信じられない思いで私は聞き返す。

「なぜ、夜だけなんですか？」

「髪色を人目に触れさせないためだとかモゴモゴ言っていたが」

「それにしたって……」

子どもに触れ合ったことのない私でも、お日様の下で体を動かすことが大事なのはわかる。

「確認ですが、髪色が目についても大丈夫ですか？」

ルイゾン様は頷いた。

「帽子をかぶらせればいい」

よかった。それなら大丈夫だ。私はルイゾン様に向かって言う。

「それでは、出かけましょう」

「庭園か？」

「いいえ、温室に」

ルイゾン様は意外そうな顔をした。

「温室?」

「ええ。ルイゾン様がくださった私の温室に、おふたりも入って構わないでしょう?」

「それはもちろん。君がいいなら」

「では行きましょう、今すぐ!」

私はおふたりに声をかける。

「ロベール様、マルセル様、お外に行きましょう。帽子をかぶれば明るくてもお外に出られるんです。でも、私かお父上がいる時だけですよ」

「いいんですか!」

「ぼうしすぐにかぶります!」

おふたりは飛び跳ねんばかりに喜んだ。

それはそうだ。

「生命力というものは抑えようとしても抑えられないものですよ」

私は魔草やいろんな草を思い出して呟いた。

そうして、それが私にとっても初めての温室訪問となった。

私が暮らす離宮から少し歩いたところに温室は建てられており、予想をはるかに越えた豪華さだった。

「これが温室……？　お城ですよね？」

足を踏み入れる前に、そう呟いてしまうくらい。

「ジュリアも冗談を言うんだね」

ルイゾン様は楽しそうに笑った。

「母上！　おんしつってすごいですね！」

ロベール様が目をキラキラさせて言う。

「おんしつ、かっこいいです！」

マルセル様も手を握りしめて喜んでいた。

「カッコいいだろう？　父上から母上への贈り物なんだよ」

「父上、やっぱりすごいです！」

「はい！　父上、かっこいい！」

――あら、なんだかいい役を取られたような？　まあ、事実なんだけど。

親子のやり取りを微笑ましく見つめていた私は、ロベール様とマルセル様が、さっきまでとは違って明らかにいきいきしていることに安堵した。

柔らかそうな頬も、薔薇色に輝いている。

おふたりはここに来るまでの間も、眩しい陽の光の下で木や草を遠目で眺めては感嘆していた。当然だ。昼と夜では景色も全然違う。

——これからも、もっと見せてあげたい。いろんなものを。

人知れず決意しながら、私は扉に手をかけた。鍵はあらかじめ開けてもらっている。

「入りますよ」

「はいります」

「はい！」

扉は音もなくすぐ開いた。

足を踏み入れて、玄関部分の吹き抜けを見上げる。

——素敵すぎるわ。

吹き抜け部分の屋根はドーム型になっていた。王子殿下たちも驚いたような声をあげる。

「母上……おんしつがどんどんかっこいいです」

「はい。びっくりしました」

私もおふたりに負けないくらい興奮して言う。

「私もこんなに素敵な温室、初めて見ました！　すごいですね！」

一緒になって騒いでしまったせいか、ルイゾン様の笑いを噛み殺す声が聞こえた。しまった、王妃にあるまじき振る舞い、と思ったけど他に人がいるわけでないし、まあいいか。

多分、私の目もおふたりと同じくらい輝いていたと思う。

「もっとみたいです！」

「ロベール！　まって！　わたしもいく！」

ロベール様とマルセル様が駆け出しそうになった。

「あ、待って、ゆっくりですよ！　私と手を繋いで！」

「母上と？」

「つなぎます！」

右手にロベール様、左手はマルセル様と手を繋いだ私は、声をかけながら先に進む。

「こちらです。周りのものには触らないでくださいね」

「はい、わかりました」

「さわりません！」

――とても素直だわ。カトリーヌなんて、あの年齢でも私が「触らないで」って言ったものをわざわざ触りたがるのに。

今頃、どうしているのかしら、と私はピンクブロンドの髪が美しい異母妹をふと思い出した。私がいなくなった屋敷でさぞ暴れているのか、あるいはおとなしくなっているのか。確かめるつもりはないが屋敷を出てまだ一日なのに、随分前のことみたいに思えるのが不思議だった。

「ジュリア？」

黙り込む私にルイゾン様が声をかける。いけない。つい、ぼんやりしていた。

「素敵すぎて、言葉を失っていました」

ごまかすと、ルイゾン様はなにも言わなかった。どうもいちいち見抜かれている気がする。

「母上、またしまってます」

「とびら、ふたつありますか？」

「中の空気を守るために、二重扉になっているんですよ。さあ、どうぞ」

もうひとつの扉を開けて、私たちはさらに奥に進んだ。

「わあ！　もっとかっこいいです」

「はっぱがいっぱいです！」

おふたりの嬉しそうな声と一緒に、私も目を丸くする。

——これが温室？

いろんな植物が分類されて置かれているのはわかるが、細い水路や作業机、休憩所まであるのには驚いた。そもそも、こんな広い温室なんて初めてだ。

「お城ですよね……？」

「温室だよ」

本物のお城をいくつも持っている人の感覚はやはり違う。

「素敵すぎますよ？」

「気に入ってくれたってことかな？」

「ええ、もう、本当に、ありがとうございます……」

「そうか、それはよかった」

「ところであの……ポンと置かれているこのジョウロ、細工が豪華すぎるんですけど」

手にするのもためらうくらい、上品なロイヤルブルーに金細工が施されたジョウロが無造作に置いてあった。ルイゾン様はあっさり答える。

「温室用に、いつもの職人に作らせたんだ」

——王室御用達の職人が作ってくれたジョウロ！

「気に入った？」

「ええ……とても」

「職人が喜ぶよ」

盗まれないかしら、とケチくさいことを考えている私に、ロベール様とマルセル様が興奮した面持ちで質問してきた。

「母上。あれはなんですか」

「母上、あっちも」

「どれですか？」

私はしゃがみ込んで、おふたりの視線を追いかける。

「あの大きな葉っぱの木？」

　こくり、とロベール様が頷いた。

「あれは南の土地の木で、うまくいけば美味しい果物が採れます」

「くだもの？」

「おいしいですか？」

「美味しいですよ……おふたりはどんな果物がお好きですか？」

「くだもの？」

「ええ、オレンジ（オランジュ）ですか？　いちご（フレーズ）？　林檎（ポム）も美味しいですよね」

「おいしいの？」

「くだもの……？」

　しかし、おふたりは顔を見合わせて、また同じ角度に首を傾げる。

　——か、かわいい。

　でも、そんな風に悶えている場合じゃなかった。おふたりは当たり前のように答えた。

「しらないです。くだもの、たべたことないです」

「わたしもないです」

　え、と驚く間もなくロベール様とマルセル様は続ける。

「いつもおいしくない、ぱんだけです」

「わたし、あれきらいです。かたい」

「うん、ぱん、かたいです。わたしもきらい」

――王子殿下たちの食事がパンだけ？

「まさかそんなわけ……」

言いかけて私は止まる。

――夜にしか外に出さなかったくらいだもの、ありえるわ。

思わずルイゾン様に目で問いかけた。ルイゾン様は私の言わんとするところをすぐに理解した。

「食事の内容を急いで確認するよ。どういうことだ」

少し早口なところにルイゾン様の憤りを感じる。

立ち上がった私は思い切って提案した。

「その役目、私が担ってもよろしいでしょうか？」

「君が？」

「はい。結果次第では、新たな指示も私が出したいのですが」

「もちろん。助かるが、君はいいのか？」

「そのためにここに来たと思っています」

ルイゾン様はありがとう、と小さく呟く。ピリッとした雰囲気が一掃された。

私は再びかがみ込んで、黙ってそこで待っていてくれたおふたりに微笑みかける。

「ロベール様、マルセル様、今度、果物を持っていきますので、一緒に召し上がりましょう」

「いっしょ？」

「母上と？」

「ええ」

私は微笑みながら、頭の中で離宮に戻ったら至急確認することのリストを作る。ロベール様とマルセル様の今までの生活を全部調べなおした方がよさそうだ。

ルイゾン様がおふたりを気にかけていることは間違いないし、大切に思っているのは伝わってくるけれど、執務もある上に、魔物の討伐で宮殿を留守にすることもある。把握しきれていないのは無理もない。

よし、と思った私は、おふたりの手を離して言った。

「せっかくだからこのジョウロでお水をあげませんか」

最初に王子殿下たちが使ったと知ったら、作ってくれた職人さんも喜ぶだろう。

「おみず？」

「だれに？」

目を丸くするおふたりに、私は微笑む。

「ここの草や木にですよ。そうですね、これなら水が多くても大丈夫だから……」

半ば独り言のように呟きながら、私はバジリック(バジル)の鉢の土にそっと触れた。

――うん、表面が乾いているし、水やりしても大丈夫ね。

「ジョウロにお水を入れてくるので、少し待っていてくださいね」

ルイゾン様におふたりを託し、すぐ近くの水場でジョウロに水を入れた。

戻ってきた私は、ロベール様とマルセル様に手を添えてもらいながら、ジョウロをバジリックに傾ける。

「ゆっくりでいいんですよ」

先端からちょろちょろと水が出て、鉢植えの土が色を変えていった。水が吸い込まれていくのがわかる。

「おいしいの?」

ロベール様が不思議そうに言った。

「ええ。喉が渇いていたと思いますよ」

「よかった」

マルセル様も嬉しそうに微笑んだ。

そんなおふたりを見ているだけで、私も顔が綻ぶ。

水やりを済ませた後は、おふたりの自由に任せようと思った。

「ここからは水路がなさそうなので、好きに歩いてくださっていいですよ」

「いいの？」

「やった！」

「かぶれる葉もあるかもしれないので、周りには触らないでくださいね」

「わかりました！」

「はい！」

「なんてお利口なんでしょう……」

小さな手の感触とかわいらしい声の返事にまた口元がゆるむ。すると、ルイゾン様が私の隣に立って聞いた。

「噂の魔草はどれだい？」

私はぐるりと周囲を見回して目星をつける。気軽に触れないように柵をされた棚があった。

「きっとあちらですね」

ロベール様とマルセル様が同時に振り返る。

「まそう？」

「なんですか？」

「ちょっと不思議な草なんですよ。あまり見かけないと思います。もし、似たような草をどこかで見つけたら、触らずにすぐに私に教えてください」

「わかりました！」

「おしえます！」

思った通りの場所に魔草の鉢が並べられていた。ドニに頼んで伯爵家から持ってきたものだ。

ルイゾン様がおふたりに言う。

「母上はこれの研究をしているんだよ」

「なるほど、これがけんくうですね」

――言い間違いまで、かわいい……ずっとけんくうって言ってほしい！

「けんくうじゃなくて研究だよ」

「ひどい！」

「えっ」

「なんでもありません……失礼しました。ロベール様、マルセル様、この一角は特に触らないようにお願いします」

大人なら大丈夫だが、まだ柔らかいこの手はかぶれるかもしれない。

「わかりました」

「はい」

素直に頷くおふたりが眩しい。

ルイゾン様が興味深そうに魔草の鉢を覗き込んだ。

「ジュリア、ここにあるのが魔草なのかい？」

「はい！　まだ私も研究しきれていないので、種としての全体像は掴めていませんが、王都で生息しているものはほぼここにあると言えます！」

ルイゾン様は紫に黄色の斑点がある魔草の葉を見つめる。

「なんていうか、実に独特だね……地味なのに毒々しい」

私は深く頷いた。

「さすがルイゾン様ですわ！　色合いとしては地味なのに、不思議とこちらを警戒させるような趣がある……それが魔草の味わい深いところですよね」

「味わい深いのか……」

「ええ、魔草の魔草としての根拠、魔力を帯びているからこその警戒心だと思うんです」

「そうか……魔力を帯びた植物を魔草というんだったね」

「はい！　不思議なことに、どれも背の低い、草花程度の大きさの魔草しかないんですよね。樹木の魔草はまだ見つかっていません」

ルイゾン様はふうむ、と腕を組んで別の魔草を覗き込んだ。さらに興味を抱いている。いい感じだ。

「魔草は、魔力を養分にしているの？」

「いいえ、それが関係ないんです。魔力を帯びている魔草なのに、魔力は生育に関係ないと言われています。日当たりや土の栄養、それに水。他の植物と同じようにこれらがなければ魔草は育ちません」

ルイゾン様はピンクと黄緑の縞模様の魔草に目を丸くしながら聞く。

「へえ、ということは種で増えるの？」

「それが、花は咲くのですが結実しないんです。繁殖力はそれほど高くありませんが、地下茎で増えます」

「だとしたらなんのために花は咲くんだろう？」

「わかりません」

私は思い切り笑顔になってそう答えた。

「嬉しそうだね」

「誰もわからないことが目の前に広がっているんですよ？　考えただけでわくわくしませんか？」

ルイゾン様は一瞬、虚を衝かれたように黙ったが、すぐに頷いた。

「ジュリアの言う通りだ。誰も成し得ていないことが目の前に広がっていると、わくわくするね」

「そうでしょう！」

「だが、とりあえず王子たちの目の前には地面が広がっているようだ」

「あ！」

私が下を向くと、おふたりが地面に石で絵を描いているところだった。

「これは、おしろ」

「じゃあ、これ、おんしつ」

四角いものや丸いものを描いて、お互いに説明し合っている。

「天才ですね……」

「うん、否定しないよ」

私たちは目を細めて王子殿下たちのかわいらしく丸まった背中を眺めていた。

ひと通り描き終わった頃合いを見て、私は声をかける。

「ロベール様、マルセル様、手を洗ってから、あちらの花を見にいきませんか。おそらくあれは南の地方の花です」

「おはな？」

「みる！」

「では参りましょう」

揃って洗い場で手を洗って、鮮やかな花が植えられている一角に足を運んだ。

「きれいね」

「おはな、かわいいね」

鮮やかな花弁の花は王都ではあまり見かけない。この辺りでは冬を越えられない品種なのだろう。

「この辺りなら、鉢に触らなければ自由に見てきていいぞ」

「はい！」

「はーい！」

ルイゾン様の言葉に嬉しそうに返事をしたおふたりは、お行儀よく花を眺めながら歩き出した。

私は温室のありがたみを感じながら、花よりもかわいらしい殿下たちを眺める。これが至福でなくてなんなのか。

と、そんなことを考えていたら、不意にルイゾン様の広い背中が私の前に現れた。

「バシュレー、そんなところから覗くな。ちゃんと声をかけろ」

「えっ？」

驚く間もなくルイゾン様の視線の向こうから、燃えるような赤毛を後ろでひとつにまとめた赤い瞳の男性が現れる。

「入り口の騎士には声をかけましたよ。それに陛下は気付いていていたでしょう」

バシュレーと呼ばれた男性は、ルイゾン様と同じくらいの年齢に見える。丁寧な言葉遣いのわりに態度が不遜だ。

――入り口に騎士がいたの？

私たちが入る時には見当たらなかったので、ついきょとんとした顔をしてしまう。すると、私の考えを読んだかのようにバシュレー様が微笑んだ。

「陛下はあなたたちの安全を常に考えているのですよ」

「ジュリア、こちらは植物園の園長、バシュレー子爵だ」

ルイゾン様がバシュレー子爵の言葉を遮るように紹介する。バシュレー子爵は肩を竦めてから、私に向き直った。

「シャルル・バシュレーです。王妃殿下、どうぞお見知り置きを」

――赤毛なのに、植物園を？

土魔法なら茶髪だ。火魔法や風魔法が得意な赤毛の人が携わっているとは珍しい。

私が驚いた顔をしたせいか、バシュレー子爵は目の笑っていない笑顔を作った。

「植物園が髪色にこだわらないのはご存じかと思っていましたが？」

「……申し訳ございません」

バシュレー子爵の言う通りだ。髪色にこだわらない植物園に応募しておきながら、実際は自分も髪色で判断していた。

「お恥ずかしい限りです」

言い添えると、バシュレー子爵は明るく答えた。

「すぐにそう思えるところが素晴らしい。お気になさらず。それはそうと、『ペルルによる魔草の分類方法』の論文、大変興味深かったですよ」

求人の時に出した論文だった。私は思わず目を見開く。バシュレー子爵は思い返すように頷いた。

「本当ですか！」

「特にペルル、あれがよかった。寡聞にして知りませんでしたが、様々な可能性を感じますね」

論文について話せることは滅多にないので、ついはしゃいだ声を出してしまう。

「魔草に関しては、今までは誰も本腰を入れて取り組んでいませんからね。王妃殿下にはぜひその第一人者になっていただきたく存じます」

「嬉しいです！」

「今度、植物園にも来てください」

「ぜひ伺わせてください！」

勢い込んでそう言ってから、私はハッとした。

「ロベール様とマルセル様も一緒でいいですか？」

見ると、ロベール様とマルセル様はたくさんつぼみがついた鉢の前で座り込んで、おふたりだけでおしゃべりしている。植物園も楽しんでくれそうだ。

そう思って聞いたのだが、バシュレー子爵は意外そうに目を丸くしてからルイゾン様を見つめた。ルイゾン様は微笑む。

「妻の言う通りに」

バシュレー子爵もちょっと笑った。

「なるほど……」

なにに納得したのかわからないでいると、バシュレー子爵はまったく違う話題を口にした。

「結婚式では驚きましたよ」

「結婚式ですか？」

バシュレー子爵は付け足す。

「最後に陛下が王妃殿下を抱き上げたあれです」

――えっ！　この方も見ていたの？

恥ずかしさに息を呑むと、バシュレー子爵は笑いながら言った。

「思わず拍手してしまいました」

――見ていたどころじゃなかった！

だけど、あの拍手のおかげで式の雰囲気が柔らかくなったのは確かなので、ありがとうと言うべきかもしれない。

悩んでいると、ルイゾン様がさっと間に入る。

「あんまり妻をからかわないでほしい」

「からかってませんよ。これでも黒髪令嬢が王妃殿下になることに賛成した私ですよ？」

「……ありがとうございます」

ルイゾン様にともバシュレー子爵にともわからないお礼を口にする。

――ルイゾン様はなにもおっしゃらないけど、きっといろいろなところで私を守ってくださっているのよね。

「そんなことを言いにわざわざここに来たのか？」

ルイゾン様が呆れたように言う。

バシュレー子爵は首を横に振った。

「王妃殿下の温室の様子を見にきたら、ちょうど皆様が揃っていらしたからご挨拶にと思って……あと、老婆心ながら忠告を」

バシュレー子爵は、赤毛をふわりと揺らして笑った。

「気を付けてください」

そして、髪と同じくらい赤い瞳を光らせる。

「シャルロット前王妃の父方の従姉妹であるバルニエ公爵家のメリザンド嬢が、王妃殿下を逆恨みしています」

――逆恨み？

穏やかでない単語に、思わず手を握りしめた。ルイゾン様が嗜めるようにバシュレー子爵を見つめる。だけど、子爵は私に向かって言い足した。

「知っておいた方がよくないですか？」

「その通りです」

私はきっぱり答えてから尋ねる。

「ですが、わざわざ教えてくださる理由をお聞きしても？」

バシュレー子爵は肩を竦めた。

「あの研究の続きが見たいので。逆恨みなんかに負けてほしくないというだけではダメですかね？」

どう考えてもそれ以外の理由もありそうだ。だけど、これ以上は聞いても教えてくれないと思った。

「……あの、バシュレー子爵は随分とルイゾン様と親しいようですが……」

代わりに別の質問を投げる。

「これは失礼しました。私は、シャルロットの……前王妃の母方の親戚なんです。陛下とはアカデミーで同級生でした」

なるほど。だからこそ、シャルロット様の従姉妹のメリザンド嬢の動向もわかるのだ。

「バシュレー子爵は、ベルトラン公爵家の方でしたか。シャルロット様の母方のご実家の家門ですわね」

シャルロット様の父方のご実家はバルニエ公爵家。母方のご実家はベルトラン公爵家だった。つまり、この方もシャルロット様の従兄弟に当たる。

「おや、おわかりですか」

さすがにそれくらいは暗記していた。

「結婚式の参列者のリストにお名前がなかったのはどうしてかと考えていたのですが、子爵位を譲られたんですね」

「そういうことです。公爵家は兄が継ぐので」

「ありがとうございます。教えていただき助かりました」

「まあ、王妃殿下といる時の陛下の顔も見たかったんで」

「シャルル！」

ルイゾン様が、ついにファーストネームで叫んだ。

とても仲がいいのだと感じられて、ちょっと笑った。

4、黒髪継母は王子殿下たちのために奮闘します

楽しい温室散策はすぐに終わった。

ルイゾン様は執務のため宮廷に向かい、私と殿下たちだけで王子宮のおふたりの部屋に戻る。

ロベール様とマルセル様は、疲れたのか帰るなり寝てしまった。

「私がベッドにお運びしますので、王妃殿下はどうぞ休んでください」

「いいえ、おひとりは私が運ぶわ。マルセル様をよろしくね、ジャネット」

ジャネットが答える前に、私はマルセル様を抱き上げようとして――できなかった。

「……大きい鉢より重いわ」

「コツがあります」

言いながらジャネットはさっとマルセル様をベッドに運んだ。次にロベール様も。

テキパキと上着を脱がせて、寝具をかけるジャネットを私はベッドの横で眺める。

――素っ気ないけれど、王子殿下たちのことは大切にしてくれているのよね。

ジャネットは、初めて私がここに来た時にお茶を入れてくれたメイドだ。

私の三つ下で、サニタと同じ年齢だった。ただ、サニタと違って無愛想というか無口だった。

ルイゾン様が言うには、ジャネットは誰にでもこんな風らしい。

――誰にでも素っ気ないというのは、筋が通っていていいわ。

黒髪であるというだけで冷たくされることの多かった私としては、むしろ好感が持てる。

「しばらくは眠っていらっしゃると思います」

「ありがとう」

熟睡しているおふたりは、なにをされても起きる気配がない。それがまたかわいらしくて、私はベッドのそばを離れられなかった。

「寝るとさらに天使ね……」

目を閉じるとまつ毛の長さがよくわかる。口元の愛らしさとほっぺのぷっくり感はどんな彫刻より美しい。

だが、いつまでも見つめてはいられない。おふたりが眠っている間に、キッチンへ行って食事状況を確認しなければ。

――でも、まずはジャネットの話を聞きましょう。

起こさないようにそうっとベッドから離れた私は、隅のソファに腰かけてジャネットを呼ぶ。

「ジャネット、ちょっといいかしら」

「はい。なんでしょうか」

「おふたりは普段どんなものを食べているのか教えてほしいの。パンが硬いと聞いたのだけど、どれくらい硬いのかしら？」

ジャネットは驚いたように目を見開いてから、ゆっくりと答えた。

「申し訳ありません。存じ上げません。食事の世話は別の者が担当なので、後で確認しておきます」

「別の者？」

「はい。私はこの寝室とお寛ぎの部屋の担当です。食事はアガッドという者が担当しています」

「そうだったの」

王子殿下たちがお住まいになっているため王子宮と名前はついているが、おそらく以前は歴代の国王陛下たち愛妾の館だったと思われるこの宮殿は、私の離宮や本宮殿からかなり離れている。今朝の挨拶に王子宮の使用人が来なかったのもそのためだ。

私は本宮殿と離宮の使用人たちの伸びた背筋を思い出した。

まだ一日しか過ごしていないけれど、私の暮らす離宮で働く人たちがどれほどいろんなことに気を配っているのかは感じられる。隅から隅まで行き届いているのだ。

——そしてこの王子宮には、その緊張感が欠けている。

王子殿下たちの秘密が知られてはいけないということで、ここの使用人たちはかなり優遇されているはずだけど、それらを逆手に取って好き放題する人もいるのではないだろうか。

そして、その誰かも、まさか私が結婚式の翌日からここに入り浸るとは思っていないに違いない。

——ということは先手を打つなら今ね。

「ジャネット、あなたの記憶している範囲でいいから、王子殿下たちの食事がどんなものだったか教えてくれないかしら？」

ジャネットは瞬きを何度か繰り返してから、思い出すようにゆっくりと話した。

「毎食召し上がっているのは、おそらくスープとパンです。お嫌いだとおふたりで話していました」

「私もそれは聞いたわ」

ジャネットは意外そうに私を見てから続ける。

「香りがしますので、時々はベーコンなども召し上がっているかと思います。おふたりのお話では、煮た野菜を食べることもあるそうですが、それもお嫌いだそうです。煮すぎてぐずぐずになっているとか。おやつはミルクとビスケットで、これは楽しみだそうです」

「ありがとう。よくわかったわ。普段からおふたりのことを気にかけてくれているのね」

「いえ、そんな、仕事ですので」

私はジャネットが言ったことを頭の中で思い返す。スープにパン、時々ベーコン、煮すぎた野菜。おやつはミルクとビスケット。

ごく標準的な子どもの食事に思えるが、王族にしては質素だ。それに食事について話す時の王子殿下たちのあの態度。

――果物を与えなかっただけとは思えないわ。手を抜いている気がする。

しかし、現物を見ないことには判断できない。私は顔を上げた。

「アガッドを呼んでくれる？」

まずは担当者に話を聞かねばならない。

だが、ジャネットは申し訳なさそうに首を横に振る。

「まだ来ておりません」

「そうなの？」

「私と違って通いですので、もうすぐキッチンに現れるかと」

「彼女が食事を作るわけではないのよね？」

「はい。献立を決めるのがアガッドで、作るのは料理担当の者です。ガスパールといいます」

「わかったわ」

アガッドが現れた時に話を聞いた方がよさそうだ。

私はついでに気になっていたことをジャネットに尋ねる。

「ジャネットは、ここに来てまだ時間が経っていないのよね」

「はい」

「以前の世話係がどんな人だったか、なんでもいいから教えてくれる？」

「なんでも……ですか？」

「ええ。なんでもいいわ」

ジャネットは考えるようにゆっくりと話し出した。

「そうですね……私の前任者は、かなりお年を召した方でした。その方はまだまだ王子殿下たちのお世話をする意欲があったのですが、息子さんが体を心配して辞めさせました」

「体を？　どこか悪かったの？」

「いいえ、一度、転んで骨を折って回復したんですが、息子さんがここでの仕事のせいじゃないかと考えたみたいなんです」

少し引っかかりを感じたが、次の質問に移った。

「そう。その前の人たちのことはなにか知ってる？」

「前の前のお世話係は若い女性で……最初はよかったのですが、実家のお父様が馬車の事故に遭ってしまって。命は助かったのですが大怪我をしたのを、お父様自身が王子殿下たちのせいだと迷信を持ち出して、陛下が怒って辞めさせたそうです」

「……なるほどね」

観察眼を持っているルイゾン様が選んでおきながら、どうしてお世話係が定着しないのかと不思議だったのだが話を聞いて納得した。さすがのルイゾン様も、本人ではなく周りのことまでは見抜けないだろう。

「ジャネットは、迷信を気にしない？」

「まったく」

「どうして?」

「…………」

「いいのよ。遠慮せず言って」

「王子殿下たちの愛らしさには敵いませんし、人を不幸にする迷信なんてなくなればいいと思っています」

私は思わず笑顔になった。

「そうよね! その通りだわ! わかってるわね。ジャネット!」

心強い味方を得た気になって、私は立ち上がった。

「キッチンでアガッドを待つことにするわ、ジャネットは王子殿下たちのことをよろしくね」

「王妃殿下、ご要望なら私が行きます。なにをお召し上がりになりますか」

「なにか食べたいわけじゃないの。ロベール様とマルセル様の今までの食生活を聞こうと思って」

ジャネットの眉がピクッと動いた気がした。

「私もご一緒してよろしいでしょうか。王子殿下たちのおそばにはラナがおります」

ラナは、ジャネットよりさらに年下の見習いメイドだった。確かに眠っている間の留守番ならラナにもできるだろう。

「じゃあ、キッチンまで案内してくれる？」

「ありがとうございます。それでは参りましょう。まもなくアガッドも現れると思います」

「ちょうどいいわね」

私はジャネットと一緒に、キッチンに向かう。

キッチンは半地下になっていて、かなりの広さがあった。

「あなたがアガッド？」

ちょうどアガッドが来たところだったので、声をかける。アガッドは不審そうに返事をする。

「そうですが」

アガッドは思ったよりも歳を取っていた。白髪まじりの赤毛を引っ詰めた髪型が神経質そうな印象を与える。

「では、あなたが料理番のガスパールね？」

料理係のガスパールは、赤ら顔の太った中年の男で白い調理服を着ていた。コック帽の下は茶髪だ。

「へえ」

ふたりとも私の黒髪をまじまじと眺めて、目を離さない。私は臆せずに挨拶する。

「ジュリアです。あなたたちが、いつも王子殿下たちの食事を作ってくれているんですってね」

「へえ」

ガスパールは短く返事したが、アガッドはなかなか好戦的だった。

「その通りでございますが、昨日ご成婚したばかりの王妃殿下がなんの用事でございましょう」

いきなり棘がある。

――でもカトリーヌよりは優しいわね。まだ迎えてくれているもの。

カトリーヌなら、「黒髪王妃に話すことなんてないわ！」くらい言いそうだ。

――それはそれでわかりやすくて親切かしら？

「王妃殿下？」

「あ、失礼。そうね。その通りよ。結婚したばかりなのに、どうしてもわざわざ聞かなくてはいけないと思って足を運んだの」

少しだけアガッドの態度が萎縮した。さっきよりは大人しくなって聞き返す。

「……なんでございましょうか」

私は辺りをぐるりと見回しながら言う。

「ここは王子殿下たちのためのキッチンなのよね？」

「そうでございます」

まずはガスパール、ガスパールに質問した。

「ガスパール、あなたはいつからここで働いているの？」

「もう十年になります」

私は首を傾げる。

「王子殿下たちは四歳なのに？」

ガスパールは焦ったように答えた。

「きゅ、宮殿の厨房の下働きからここに来たわけでして」

「なるほど。そこと併せて十年というわけね」

「へえ」

気まずそうなガスパールは、私から目を逸らした。私は次にアガッドに尋ねる。

「アガッドは、何年ここで働いているの？」

アガッドはガスパールほど動揺しなかった。つんとした様子で答える。

「三年ほど前からです」

「その前はなにをしていたの？」

「……宮廷の女官でした」

「まあ、そうなの。となるとふたりとも子どもの食事に詳しいわけじゃないのかしら」

ガスパールが慌てたように言い添えた。

「いいえ！　初めはそうかもしれませんが、今では王子殿下たちはわしの料理でないと満足できないですよ」

私は顔の前で手を合わせて微笑む。さぞ嬉しそうに見えるはずだ。

「じゃあ、今すぐ作ってくれる？」

「え？」

微笑みを崩さず、ガスパールに畳みかける。

「殿下たちの好きな料理、私も食べたいわ」

「……王妃殿下が召し上がるほどのものでは」

私は、信じられないというように目を見開いた。

「まさか！　あなたたち、私が食べるほどではないものを王子殿下たちに作っているの？」

ガスパールが手を振って否定する。

「めっそうもない！　常に自信作をお出ししています！」

「だったら、それをお願い」

「では……できましたら上にお運びしますので、お待ちくださいませ」

「いいえ」

私は空いているスツールを見つけて、そこに腰を下ろした。

「ここで待たせてもらうわ」

「へ？」

「聞こえなかったのかしら。ここで待たせてもらうわ。どうせ、もうすぐお昼でしょう？　ちょうどよかった」

首を傾げると、黒髪がさらりと揺れる。ガスパールがそれを目で追っているのがわかったので、わざとひと房指に絡める。

「髪が料理に入ったりしないように気を付けるわ。だから、私のことは気にせず作業を続けてちょうだい」

「あ……はい」

諦めたように、ガスパールが背中を向けて作業に取りかかったので、その間に、私は辺りを見回した。アガッドは他人事のような顔をして、食器の準備をしている。

私はジャネットをそっと呼んで耳打ちした。

「……お願いね」

「かしこまりました」

私の頼みを遂行すべくキッチンを出るジャネットを、アガッドとガスパールが不安そうに見送った。

「気にしないで。ちょっと用事を思い出したからあの子に頼んだの」

私は表情筋を駆使して、王妃らしく見えるような悠然とした微笑みを浮かべた。

効果があったのか、ガスパールとアガッドは私から目を逸らし、手元の作業に戻る。

——まあ、付け焼き刃でもこのふたりに威圧感を与えていられるのは、黒髪のおかげかもしれないわ。

生まれて初めて黒髪が役に立った気がする。

あちこちに視線を送ることは、それだけで相手を威圧する。私は遠慮なくキッチンの隅から隅まで眺めた。さすが王族御用達仕様だ。豪華で大きい。

でも。

私はせかせかと動いているガスパールの背中に向かって問いかけた。

「かまどはひとつしか使わないの?」

「ええっ?」

察するにスープを作っているガスパールは、かまどに火をつけそこに鍋を置いている。だけどそれだけだとベーコンが焼けない。

「せっかくふたつあるのに使うのはひとつだけなんて、時間も手間もかかるでしょう」

ふたつ使えば同時進行で料理ができる。

「いえ、あの……」

ガスパールは見てわかるほど動揺した。もうひとつのかまどには蜘蛛の巣が張っていたのだ。

私は冷たい視線でそれを見てから、ガスパールに指示をした。

「怠慢ね」

「も、申し訳ございません。後で綺麗にしますので!」

「綺麗にするのは当たり前でしょう? 王子殿下たちの口に入るものは特に気を付けなくては

いけないことだとわかっているの？」

「それはもちろん！」

「信用できないわ。このかまどを見てしまってはね」

「王妃様！　なにとぞ！」

大袈裟なくらい謝るガスパールに向かって、私はため息をついた。

「私だって、厳しいことはあまり言いたくないわ……」

ガスパールがすかさず褒め称える。

「王妃様！　お優しい！」

私は再び髪に指を絡めて、ゆっくりと解いた。

ガスパールが動きを止める。

「じゃあ、こうしましょう。王子殿下たちの普段食べているもののリストを出してくれたら、一生懸命やってくれていると信用するわ。季節ごとに分けて全部書き出してくれる？　これはアガッドの方が適任かしら」

「えっ⁉」

食器を出し終わってぼんやりしていたアガッドが大きな声を出した。私はやんわり指摘する。

「なにをそんなに驚いたの？」

「失礼ながら、王妃殿下が知らなくてもいいことでしょうと思いまして」

継母なのに、と言いたげにアガッドは唇を曲げる。だけど、それくらいで怯まない。

「どうして？」

真正面から問い返した。

「どうしてって……」

「どうして、私が知らなくていいと思ったの？　陛下から王子殿下たちのお世話を一任されているのは私よ。知りませんでしたか？」

「いえ……」

陛下の名前を出されるとアガッドもなにも言えない。

おそらく、アガッドもガスパールも、私が王子殿下たちのために陛下の名前を出すとは思っていなかった。

――魔力もない、おどおどした黒髪令嬢が来ると思っていたんでしょうね。

ある意味ではそれは間違っていないけれど、王子殿下たちに関しては別だ。

「アガッド、今、目の前でそれを書いて。紙ならあるでしょ？」

私はキッチンの端にまとめられたレシピを書きつける紙を見て言った。

「今ですか？」

「数日分だけでもいいわ。あとは夜までに書いて」

アガッドのまばたきの回数が増える。

「どうしたの？」

「いえ、承知しました……」

諦めたようにアガッドは紙を手に別のスツールに腰かけた。

と、その時ちょうどガスパールの料理が完成した。

スープとパン、焼いたベーコン。煮た野菜だ。見た目は綺麗に盛りつけられている。私は黙ってスープから手をつけた。ひと口飲んで顔をしかめる。

「ガスパール、これはなに」

「スープです」

「味がなくてやたらしょっぱいけど、こんなものを王子殿下たちに飲ませているの？　まるでもともと味がなかったものを慌てて塩でごまかしたみたいよ」

「いえ、その、今日は調子が悪くて」

「ふうん。じゃあ、これはなに」

「パンです」

私はお行儀悪く、パンをお皿にぶつける。カツカツと硬い音がする。

「お皿が割れそうなくらい硬いわね？」

「それでも柔らかい部分を切り取っています！」

「柔らかい部分を切り取らなきゃいけないくらい硬いパンを、王子殿下たちにお出ししているの？」

「いえ……」

ベーコンは厚切りで、野菜はしゃきっと煮られていた。私はそれをまじまじと眺めて頷く。

「このふたつは美味しそうね」

ガスパールの顔がぱあっと輝く。

「そうでしょう？　これは王妃殿下もご満足できるかと――」

「では、これは上に持っていくわ。そして、王子殿下たちと一緒に召し上がって、いつものと同じか聞きます」

「……え？」

「なに驚いているの？　いつものと同じものを作っているんだから、大丈夫でしょう？　それとも」

私はここぞとばかりに黒髪を揺らして、ガスパールを見つめた。

「もしかして、もっと質素なものを食べさせていたの？　十分な食材費をもらっておきながら？」

結婚前に陛下が渡してくれた資料には、王子殿下たちにかける費用の概算の一覧があった。それによると、このふたりはかなりの金額を手にしているはずだ。

ガスパールがアガッドの方を向いて叫んだ。

「いえ、私はアガッドの言う通りにしていただけでさあ」

「ガスパール！　私のせいにするつもりかいっ⁉」

それを聞いたアガッドが、別人のように勢いよく捲し立てる。

「王妃殿下、聞いてください。王子殿下たちは特に食が細くて、苦労しているんです。それでも私は知恵を絞って王子殿下たちが召し上がってくれるものを出していたというのに、その根性悪のガスパールが食材費を横領して、薄いスープに浸したパンだけ出していたというわけです！　全部、ガスパールの仕業です」

「このババア！　なに言うんだ！」

喧嘩しそうなふたりを私は手で押し止めた。

「そうだったの。アガッド。じゃあ、聞かせてちょうだい。どんなメニューを考えていたの？　食の細い王子殿下たちのために」

「えっと……それは」

そうだ、と私はわざとらしく目を輝かせる。

「もしかして、果物かしら？　子どもは好きよね、果物」

アガッドは前のめりに頷く。

「そ、そうです！　それを今言おうとしていたんです」

私はゆっくりと視線を動かし、アガッドを見つめる。

「どの果物が王子殿下たちはお好きなの？」

「それは、あれですよ、あれ、ほら……」

「今なら林檎かしら」

「そうです！　そうそう」

アガッドは安堵したように答えた。

私はさらに質問する。

「どんな風に召し上がるの？」

「あの、そのまま切ってですね」

「それは今でしょう？　もっと小さい頃は？　食べ方も違うはずよね」

「それは、もちろん……すりおろして」

なるほど、頷いて私は復唱する。

「王子殿下たちは林檎をそのまま切って召し上がるのが好きなのね？　小さい頃はすりおろして」

「その通りです」

私はにっこり笑って、黒髪をかき上げた。

「――嘘はよくないわ」

アガッドの顔が引きつる。

「嘘だなんて王妃殿下」

「王子殿下たちは、林檎はおろか果物全般を食べたことないと言っていたわ」

「忘れているのでは」

「ではのちほど目の前に出してお聞きします。林檎をそのまま切って出したらいいのね。味の記憶って残っているもの。小さい子どもならなおのこと鋭敏だと思うわ」

「え」

冷や汗をかいて固まるアガッドに、ガスパールが無責任に笑う。

「それがよろしいです！　さすが王妃殿下！」

どうやらアガッドだけの問題で済みそうだと油断しているガスパールに、私は問いかける。

「ところで、ガスパール。さっきからずっと不思議だったんだけど、あれ」

私は調味料などを置いてある棚を指す。

「なぜお酒が置いてあるの」

ラム酒にワインに、シェリー酒。

「空き瓶もたくさんあるわね？　料理に使う量じゃないし、そもそも王子殿下たちにお酒を使った料理はまだ早いと思うんだけど」

ガスパールは目に見えて焦った。

「いえ、これは」

「もしかして、陛下もここで召し上がるのかしら」

「ああ、そうで――」

「そんなわけないわよね。夜中に魔獣が出てきても大丈夫なように、陛下は普段はお酒を召し上がらないのですもの」

青ざめて黙り込んだガスパールに、私は低い声で囁く。

「……素直に認めないと罪が重くなるわよ」

「つ、罪だなんて王妃殿下」

「では正直に話しなさい」

ガスパールはがばっと頭を下げた。

「み、見逃していただけませんか！　出来心だったんです」

「出来心の量じゃないわね……アガッドもガスパールも、陛下の王子殿下たちに対するお気持ちを利用して、恥ずかしくないの？」

私は正面から問いかける。

だが、アガッドは吐き捨てるように言った。

「はっ……銀髪のことなんて陛下もたいして気にかけてないでしょ……痛っ！」

最後まで言う前に、私はアガッドの腕をぐっと掴む。

「なっ！　なにすんだい！」

「口を慎みなさいよ？」

「はん！　この黒髪継母が！　調子に乗って！」

アガッドは私を殴ろうとした。

が、その手が私に届く前に、騎士のひとりが握りしめる。

「ぎゃあ」

私は掴んでいたアガットの腕を離して息を吐いた。

「ふう……拘束してください」

いつの間にか入ってきた三人の宮廷騎士たちが、アガッドとガスパールを後ろ手に縛った。

「俺はなにもしてない！」

「私もだよ！」

「言い訳は牢屋でお願い」

騎士たちは私に黙礼してから、ふたりを連れて出ていく。

――はあ、間に合ったわ。

私は大きく息を吐いてから、騎士たちを連れてきてくれたジャネットにお礼を言った。

「ありがとう、ジャネット」

「いいえ、私は王妃殿下の言いつけに従ったまでです」

あのふたりが怪しいことは確信していたので、ジャネットに宮廷騎士を呼んでもらうよう頼んでいたのだ。

――ルイゾン様なら絶対、王子殿下たちの近くに騎士を配置していると思ったもの。

「差し当たっては、今日の王子殿下たちの食事をどうにかしないとね」

離宮の料理番に頼もうかと考えていると、ジャネットが真剣な声で言った。

「王妃殿下、よろしければこれからは、私におふたりの食事を作らせてくれませんか？」

「ジャネットが？」

「私、もともと居酒屋の娘でした。店が潰れたのでお世話係募集の求人に申し込み、運よく雇っていただけたのです」

「そうだったの！」

「王子殿下たちがお食事に満足していらっしゃらないことは薄々気付いていたのですが、なにもせず見過ごしていて……申し訳ないです」

役割が分かれていたのだから、ジャネットがなにもできずにいたのも仕方ない。アガッドのあの様子では口出しも難しかっただろう。

――というか、すごくありがたい申し出だわ。

私は項垂れるジャネットの手を取った。

「ありがとう。ジャネット。ぜひお願いするわ！」

ジャネットはそれまでの無愛想が嘘のように顔を輝かせた。

「では早速、王子殿下たちのお昼を作りますね。お昼寝から覚めた時すぐに召し上がれるように！」


王子殿下たちがジャネットのお昼ご飯を召し上がったのは、かなり後だった。

お散歩で疲れたのか、いつもより長くお昼寝したのだ。

もぞもぞと寝具が動いたことに気付いた私は大急ぎで、ベッドに近付いた。

ぼんやりとしたロベール様とマルセル様がゆっくりと起き上がる。

「……あれ？」

「……ここ」

「おはようございます、ロベール様、マルセル様」

私の顔を見てもまだぼんやりしているので、黒髪を揺らして笑いかけた。

「お忘れですか？」

ハッとしたようにおふたりが顔を見合わせた。

「母上！」

「母上？」

そして――なんと同時に抱きついてくれた。

「きゃ！」

驚いた私は短く叫んだけれど、嬉しい叫びだ。おふたりもはしゃいだ声を出す。

「母上、まだいた！」

「母上とあそびたい！」

「お昼ご飯を食べてからですよ」

私は小さな背中と背中を、両腕で撫でる。右腕がロベール様。左腕がマルセル様。

「ラナ、キッチンのジャネットに昼食を持ってくるよう言ってくれる？」

「はい！」

ラナが元気よく返事した。

「おいしい！　マルセル、これおいしいよ、わたし、これすきだ」

「おいしいねえ！　ロベールのいうとおり！　わたしもすきになった」

ジャネットが用意したのは、柔らかいミルクプディングだった。ダイニングルームで仲よく並んで座って、完食した。

その様子を眺めていた私に、ジャネットが報告する。

「硬すぎるパン以外にも美味しいものがあることを、王子殿下たちに知っていただきたいです」

「本当ね」

私は頼もしい気持ちでジャネットを見つめた。

昼食後、しばらく一緒にお話ししてから私は離宮に戻った。

おふたりの体温の高さとミルクの匂いがいつまでも漂っているようで、離れたばかりなのにもう恋しかった。


その夜、寝室でルイゾン様に一部始終をお話しした。

今日はベッドに腰かけず、ちゃんとソファで向き合う。

「アガッドとガスパールについては私が迂闊(うかつ)だった。ありがとう、見抜いてくれて。王子たちがまさかそんなものを食べていたとは」

沈んだ声を出すルイゾン様に私はゆっくりと首を横に振る。

「厨房係まで把握するのは難しいことですわ」

本来ならそれは女主人の役割なのだ。

「執務と魔物討伐でお忙しいのですし……オーギュスタンとフロランスも手いっぱいでしょう」

というか、今ならあの笑みの意味がわかる。オーギュスタンとフロランスは私を励まし応援しつつ、王子宮でどう立ち回るか試していたのではないだろうか。私がなにもしなくてもいつかオーギュスタンかフロランスが手を打っていた気もする。

だけどルイゾン様は項垂れた。

「だが、このまま見過ごしていたらと思うとゾッとするよ。すぐに新しい料理番を入れてくれたのも助かった」

「でも、そもそも、ジャネットを採用したのはルイゾン様です！　元はルイゾン様のお手柄です……あ、すみません」

「なにを謝る？」

「その……気安く偉そうなことを申し上げて」

ルイゾン様は笑う。

「構わない。君は誰彼構わず褒める方じゃないだろ？　ありがたく受け止めるよ」

——優しい。

その優しさに甘えて、口を開いた。

「ルイゾン様、お願いがあるのですが」

「なんだ？」

「今日ずっと考えていたのですが、ロベール様とマルセル様もここで一緒に暮らしてはいけないでしょうか？」

「ここで？」

「はい。この離宮にも部屋は余っていますし、できるだけ目を離さないようにしたいんです」

ルイゾン様の本宮殿と王子宮はあの隠し通路で繋がっているが、離宮はそうでないのだ。

「だが、それだと、長い間一緒にいることになるが」

「ですからそれをお願いしています」

今のように行き来してもいいのだが、雨の日や風の日は行くのを止められるだろう。そんな日ほどそばにいたいのに。

ルイゾン様が考え込むように黙ってしまったので、私は慌てて言い添える。

「差し出がましいことでしたら、申し訳ありません」

いや、とルイゾン様は顔を上げる。

「正直、君がそこまでつきっきりで面倒見てくれるとは思っていなかったからちょっと驚いただけだ」

「やっぱり、非常識な申し出だったでしょうか」

王族には王族の規則というものがあるに違いない。そう思って言ったのだが、ルイゾン様は、意外にも困ったように笑った、

「逆だよ。こういう時の常識を私は知らないんだ。普通の親子がどんな風に語らい、どんな風にそばにいるのか想像もつかない」

「え」

思わず瞬きを繰り返す。

眩しい金髪はそのままだけど、どこか鎧を脱いだような横顔でルイゾン様は続ける。

「私を産んだ母は、私にとって母というより『先代の王妃』という印象しかない。同じように、私の父は父ではなく『先代の王』、それだけだ。だから、ジュリアがふたりに親身になってく

れるのがありがたい半面、意外なんだ。そうか、そこまでしていいのか、と」

「皆様、お忙しい方たちでしたから……」

「うん。公式行事以外で話をすることは稀だったね。私は特に父と母がかなり年取ってから生まれたから、どう扱っていいかわからないところはあったみたいだ」

ルイゾン様は、先代の国王陛下と王妃殿下がご成婚されてかなり経ってからお生まれになったと聞いている。ブレソール王兄殿下をはじめ腹違いのご兄弟はたくさんいらっしゃったようだけど、魔物討伐の腕に長けていることやおそらくはその特殊能力で頭角を表したルイゾン様が、実力で王位を継いだとの噂だ。

「冷たいようだけど、ふたりが亡くなった時も特になにも思わなかった。驚きはしたけど」

先代の国王陛下の病死に伴いルイゾン様は王位を継承し、そのすぐ後で、王妃殿下が馬車の事故で亡くなった。直後は人為的なものではないかと疑われていたが、ルイゾン様の指示で徹底的に調べられ、ただの事故だという結論が出された。

「悲しみもせず淡々と調査を行う私を、古くから仕える臣下たちが冷たいと言っていたのを陰で聞いたよ。確かに私は王族の権威を保つためだけに、母上の事故の原因を調べさせていたからね」

――だとしても。

私は首をそっと横に振る。

「……それはルイゾン様のせいではありません」

そもそも貴族が両親と共に過ごす時間は少ない。同じ屋敷にいながら顔を合わせるのは一日一時間程度。それ以外の時間は家庭教師や世話係がずっとそばにいる。

王族となると、そこにさらに執務が重なる。

「ルイゾン様は国王として、やるべきことをしただけです」

私だって、ソニアお母様はともかく、父とミレーヌお義母様に対して親愛の気持ちは持てない。

——ああ、そうか。だからこそ。

私はふと思ったことを口にする。

「もしかして、王子殿下たちの存在はルイゾン様の中で思った以上に、とても大きいのでは……」

「え」

「あ、私、また失礼なことを」

「いや、構わない……しかし、言われてみればそうだな」

「気付いていらっしゃらなかったのですか？」

あれほどいろいろと手を尽くしていて、無自覚だったとは。自分の再婚でさえ王子殿下たちのためだったのに。

「してあげたいと思うことをしていた。だが、それがうまくいっているわけではないのは、ご覧の通りだ」

「……頑張っていらっしゃいますわ」

「ありがとう。産まれたばかりの王子たちを見た時、すでに銀髪になっていたのだがそれでも――とてもかわいらしいと思ったよ」

「………」

私は思わず想像した。

産まれたばかりの双子の王子殿下たち。喜ぶルイゾン様。

だけど、ルイゾン様の話はそうは続かなかった。

「すぐにでも王妃にお礼を言いたかったが、間に合わなかった。私が討伐から戻った時には、王妃はすでに事切れていたから」

そうだ、王妃様はご出産の時。

それでは親子四人で顔を合わすことなく――。

「彼女のためにもこの子たちを守らなければいけないと思った……ジュリア？　なぜ泣いている？」

「すみません……」

自分でもわからないくらい急に涙が溢れてきた。慌てて持ち合わせていたハンカチを使う。

「……ルイゾン様が本当におふたりを大事に思っていらっしゃるのがわかって嬉しく思うのと同時に、シャルロット様のお気持ちを考えるとさぞ無念だったろうなって」

ハンカチをしっとりさせながら、私はなんとかそこまで言った。そして力強く宣言する。

「……私にできることがあればなんでも言ってくださいね！」

「今でも十分やってくれている。ああ、これも使え。それだけでは足りなさそうだ」

「ありがとうございます」

とてもいい匂いのするハンカチだった。私はそれで遠慮なく涙を拭った。

「洗って返します」

「いつでもいい」

若干鼻声で、再び話を戻す。

「それでさっきの引越しの話なのですが」

「断る理由はないな。むしろありがたい」

「よろしいですか？」

「その代わり、逐一報告してほしい」

「もちろんです」

これでもっと一緒にいる時間が増える。私はホッとした。

「それではルイゾン様、寝ましょう」

「そうだな」

今日も端と端で、眠りについた。

悪夢は見ず、代わりになんだかミルクの匂いのする夢を見た。ふわふわで暖かくて、とても幸せな夢だった。


そして、一週間後。

王子殿下たちは私の暮らす離宮に引っ越した。

「ロベール様、マルセル様、今日からここがおふたりのお部屋ですよ」

「わあ！　ひろい！」

「おおきい！」

「たくさん遊びましょうね」

「あそびましょう！」

「たのしみです！」

ジャネットやサニタのように、私にも王子殿下たちにも親身になってくれるメイドたちをルイゾン様が手を尽くして探してくれた。初歩的な勉強を教える家庭教師もオーギュスタンが見つけてくれた。フロランスの親戚筋にあたるデボラという子爵令嬢だ。まずは週に二回、読み書きを教えてくれる。

「デボラ・デュクロと申します。よろしくお願いします」

明るい茶髪の、そばかすが愛らしい令嬢だった。緑の瞳は知識欲に輝いている。

「王子殿下たちに学ぶ楽しさを教えていただけますか？」

「……光栄です！」

王子殿下たちもデボラとの授業を楽しみにしている様子だった。

ただ、侍女頭は今のところ空席だ。

メイドたちを束ねる存在になるので吟味したいとルイゾン様はおっしゃり、私もそれに従うつもりだ。今集まってくれている精鋭に感謝しつつ。

――今日もいい天気だわ。

私に外の空気の清々しさや、お日様の眩しさを教えてくれたのはドニだ。

だから私も、王子殿下たちにとってそんな存在になりたい。

――なれたらいいな。

「ロベール様、マルセル様、朝食が済んだら、お散歩に行きましょうか」

「いく！」

「いきます！」

王子殿下たちの食事はジャネットがいつも工夫して作ってくれていた。

最初に食べたミルクプディングがお気に召したのか、いつもあればかり欲しがるけれどそういうわけにはいかない。

私は隣に座って、煮たカブを残そうとするロベール様とマルセル様に言い聞かす。

「なんでも食べないと大きくなりませんよ」

乳母のネリーに言われていたことを、そっくりそのまま言っているのは内緒だ。

5、絶対にひとりにしない

そうして、あっという間に二カ月が過ぎた。

おふたりとも離宮での生活にすっかり馴染んだように思える。

食事はジャネットのおかげでかなり改善できたのだが、手こずったのは生活時間の不規則さだ。

——真夜中に散歩していたせいで、昼と夜がゴチャゴチャなのよね。

特に王子宮と違って離宮では夜まで起きているとルイゾン様に会える確率が高いと知ってしまってからは、夜更かしが続いた。

ルイゾン様とは朝食の時にお会いすると約束することで、なんとか夜眠る生活になったのだ。

それでやっとおふたりに魔力の使い方を教える段階になった。

『橋渡りの儀式』が迫ってきているのだ。なにかあった時は私が魔力で助けるにしても、魔力を使えるフリができなければおふたりが怪しまれる。

早速、今日から午後の数時間を魔力の勉強に充てることにした。

「ロベール様、マルセル様、外へ行きましょう」

広い場所の方が適しているのでそう声をかけると、すぐに弾むような返事が聞こえた。

「はい！」

「いく！」

ロベール様は扉に向かって走り出す勢いだ。

「あ、待ってください。ロベール様！　帽子をかぶってからですよ」

慌てて呼びかけると、ラナに帽子をかぶらせてもらっているマルセル様が大きな声で言う。

「そうだぞ、ロベール。ぼうしをかぶれ！」

「わかったよ」

ロベール様は渋々戻る。

私とラナは目を合わせてちょっと笑った。

「さて、準備できたら行きましょうか」

「はい！　母上」

「じゅんびできています！」

ラナにも付き添ってもらい、私たちは中庭に出た。

最近になってやっと私は、おふたりの見分けがなんとなくつくようになってきた。

見た目はそっくりでも、面ざしがどこか違うのだ。

とはいえ、後ろ姿はまだ見間違える。

ただ、見た目だけでなく性格もちょっとずつ違うことがわかってきた。

なんでも先にやりたがるのがロベール様で、ロベール様に先を越されるのは嫌だけど、取りかかるのに時間がかかるのがマルセル様だ。

もっと言えば、好きなものを最初に食べるのがロベール様、後で食べるのがマルセル様。クリームのケーキが好きなのがロベール様、ショコラのケーキが好きなのがマルセル様。外で遊ぶのが大好きなのがロベール様で、部屋で過ごすのが嫌いじゃないのがマルセル様。

些細なことでも、知るたびに私はおふたりが愛しくなった。

一緒に過ごした時間が重なった結果のようで、嬉しくなる。

中庭に到着すると、私はおふたりに話しかけた。

「魔力の使い方を勉強しましょう」

この中庭は外からは見えないようになっているので、秘密の特訓に都合がいいのだ。

もちろん、安全のため入り口に騎士たちを配置している。幼い頃からロベール様とマルセル様を見守っていてくれている騎士たちだ。ラナも心得て、少し離れたところにいる。

爽やかな風が吹く中、おふたりは顔を見合わせた。

不思議そうに首を傾げてから、私に向き直って声を揃える。

「まりょくないよ」

「まりょくないよ」

「え？」

「わたしにまりょくないよ。父上がいっていた」

「ロベールといっしょ。わたしもまりょくがない。ざんねんだって聞いた」

——そこまではご自分でわかっていらっしゃるのね。

おふたりの健気さに胸を打たれつつも、私はいつも通りを心がけて目の高さまで屈んだ。

できる限り、穏やかに聞こえるようにゆっくりと話す。

「できなくてもいいので形だけ真似してくれますか？　目の前の土を動かそうと思いながらこう言ってください。『ヌシュ』」

おふたりは素直に私の真似をする。

「ぬしゅ」

「ぬしゅ」

——待って、思った以上にかわいい。

かわいさにくらくらしながら、私は平静を装う。

「……動きませんね。でも、いいんですよ」

魔法は、土、風、火、水が基本だ。とりあえず順番に形だけ真似ることにした。

「今度は風魔法に挑戦してみましょうか。手をこうやって前に突き出して、言ってみてください『ラフィー』」

風を起こす初歩の風魔法だ。

ロベール様が足を開いてバランスを取り、手を前に突き出した。

「らふぃー」

なにも起こらない。

次にマルセル様が同じように足を広げて、手を突き出す。

「らふぃー」

やはりなにも変わらない。

「動きませんね」

だけど、私の頬は緩みっぱなしだ。

「できなくてもいいんです。おふたりとも、とっても上手に真似ができていました」

おふたりはホッとしたように顔を見合わせてから、私に聞いた。

「母上、まりょくって、どんなものですか？」

「うん。まりょくしりたいです」

「そうですね……感覚的なものなので、ひとりひとり違うらしいのですが」

昔、自分がグラシア先生に教わった通りのことをおふたりに伝える。

「魔力はこの世界を巡っているもののひとつなんです」

おふたりがわからないという顔をしているので、少し離れたところにあるポプラの木を指して言う。

「風が吹くと葉っぱが揺れますね？　でも、見えなくても風はその先の地面やお屋敷、空にも届いています。魔力はそれに似ているのかもしれません」

風魔法でなくても、それは同じだ。

「魔力は、この世の中をぐるぐる回るもののひとつなんです。水や、風や、土と同じです」

「かぜ」

「ゆれる」

おふたりがキョロキョロと周りの木々を眺めた。私は微笑みながら付け足した。

「魔力は風のように体の外側を巡ったり、水のように体の内側を巡ったりします。喉が渇いて冷たいお水を飲んだ時のような感じです」

「おいしそう」

「まりょく、のみたいね」

「飲み物じゃないですよ。でも、そろそろ休憩にしましょうか。ジャネットがいちごのジュースを持ってきてくれます」

「いちご！　いちごだいすきです」

「わたしもです！」

ジャネットのおかげでおふたりは大の果物好きに育っている。屋根付きの休憩所で座っているうちに、ジャネットがいちごのジュースを手に現れた。

おふたりともそれをあっという間に空にし、その後もしばらく魔力を使う体勢の練習をする。

「らふぃ！」

「らふぃっ！」

「ぬしゅ！」

「ぬしゅっ！」

かわいさに悶えながらも、私はおふたりの動きを観察した。

――ロベール様の方が運動が得意なのかしら。動きがなめらかだわ。

マルセル様はやみくもに真似をしているという感じなのだが、ロベール様は魔力がどういうものかわかって使っている体勢になっているのだ。

――今日の練習のことは、ルイゾン様にも報告ね。きっと喜んで聞いてくださるわ。

おふたりのその日の動向をルイゾン様に寝室で報告することが、すっかり習慣になっていた。

お忙しいだろうに、ルイゾン様もこの時間だけはなんとか作ってくれる。

そんなことを考えていたら、マルセル様のもどかしそうな声がした。

「ロベールみたいにできない！」

珍しく癇癪（かんしゃく）を起こしている。

「あらあら、マルセル様」

私は駆け寄って、そっと背を撫でた。やりたいのにできないもどかしさはよくわかる。

「マルセル様はマルセル様のやり方でいいんですよ」

マルセル様は悔しそうに下を向いた。

負けず嫌いは悪いことではないけれど、今すぐ結果が出ないことに拘泥するのはあまりよくない。

「練習はここまでにして、温室にでも行きましょうか」

——私も、少し根を詰めすぎたかもしれないわね。

自戒を込めてそう言うと、おふたりは飛び上がった。

「やったあ」

「おんしつ！」

「母上、あのおはな、さいたかな」

「マルセルはいしをあつめるの」

おふたりの話をうんうんと聞きながら、私も開花を楽しみにしているつぼみを思い浮かべる。

魔草だけど。

と、その時。さっきの悔しさを晴らそうとしたのか、

「おんしつ、わたしがいちばん！」

マルセル様がいきなり走り出した。するとロベール様も真似をして走り出す。

「わたしもいちばん！」

「あ、待って、おふたりとも！　そんな急いだら危ないですよ」

そう言い終える間もなく、ロベール様が足元の石につまずいた。

「ロベール！　あぶないっ」

転びかけたロベール様を助けようとマルセル様が飛び出す。

「あっ」

「わあ！」

結果的にどちらも転んだ。

「わああああああん」

「わああああああん」

おふたりとも一斉に泣き出したが、駆け寄って見ても血は出ていない。隠れて私たちを見守っていた騎士のひとりが泣き声に驚いて出てきたけれど、私は手振りで大丈夫だと伝えた。

しゃがみ込んで、穏やかに話しかける。

「あらあらあら。びっくりしましたね。ラナ、綺麗なハンカチを用意して」

「はい！」

ラナはさっと用意していたハンカチを差し出した。こんなこともあろうかと簡単な怪我ならすぐに治療できるようにしてある。

「さ、マルセル様、ロベール様、痛いところはどこですか？」

「う……ここ……」

「ここ……」

「おふたりがとっさに守り合ったから、怪我が少ないですね。もう大丈夫です」

話しかけながら、私は綺麗なハンカチで泥を落とした。ラナに手伝ってもらって傷口も洗う。包帯までは必要ないみたいだ。

「温室はどうします？　行きますか？」

「いく！」

「いきます！」

けろっと元気になったおふたりはすぐに歩き出した。

温室でおふたりは終始ご機嫌だった。

「おはな、まだだったねえ」

「いしはあったねえ」

「明日も見ましょう。さあ、帰りましょうか。戻ったら、ジャネットが美味しい夕食を作ってくれますよ」

「わーい！」

「ジャネットのおいしいごはん！」

——かわいすぎる……かわいい以外の言葉を発明できないかしら。

私は何千回目かの感想を抱く。

——そうだ。魔草。

私はふと思い出して、帰る前に魔草の様子だけ見にいくことにした。

「最後、魔草の鉢のところにも行ってくれますか？」

「母上？　けんくう？」

「けんくうするの？」

「そう！　けんくうよ！」

——あと、何回「けんくう」って聞けるのかしら。

ネリーのお孫さんもあっという間に大人びた言葉遣いをするようになったって、娘さんの手紙に書いてあった。

——なにもかも、きっと一瞬ね。

どこか寂しさを抱きながら魔草の鉢の前に行くと、ひとつだけペルルが出ているものを発見する。

真珠のように美しく輝く露が葉にくっついている様子は、何度見てもうっとりする。

——ちょうどいいわ。魔力を吸い取ってもらおう。

私は魔草に手をかざす。あの日、ドニと一緒に植えた魔草だ。

ふわ、とペルルがシャボン玉のように浮いて消えた。吸った魔力が飽和したのだ。

「母上、それはなに？」

マルセル様が興味を惹かれたように聞きにくる。

「ペルルよ」

「ぺるる？」

「魔草の葉にだけ現れるものなんですよ。まだその正体はわかっていません」

「ぺるる、きれいです」

呟きながら、マルセル様がもっと顔を近付けた。

「マルセル、母上のじゃまになるよ」

ロベール様がマルセル様を注意する。

「だって」

拗ねたマルセル様を微笑ましく思いながら、私は言う。

「触ってはいけないけれど、手をかざすだけならいいですよ」

「いいの？」

「ええ。でも私と一緒です……こうやって」

真似事だけでも、と私は小さいかわいい手を、ペルルができかけている魔草の葉に順番にかざす。

「ぺるる、きれい」

マルセル様は満足したようだった。

「ロベール様もかざしますか?」

「うん!」

ロベール様も子どもらしく無邪気に手を伸ばした。私は自分の手を添えて、それを手伝う。

それだけで終わるはずだった。

なのに。

「あら……?」

「ぺるる? でてきた?」

ロベール様が手をかざしたペルルが、ふわりと浮いて消えたのだ。

——ペルルが飽和状態に? つまり、ロベール様に魔力が……?

これは一大事だ。

私はルイゾン様に報告すべく、じりじりと夜を待った。


その日の夜。

執務を終えたルイゾン様が寝室に来るなり、私は一部始終を説明した。

「なんだって? ロベールに魔力が?」

「おそらく通常では感じ取れないくらいわずかな量ですが、魔力に間違いありません」

ルイゾン様はソファの向かい側で、眉間に眉を寄せる。

「……このことは？」

「まだ誰にも言っていません。温室の入り口に騎士が、少し離れたところにラナがいましたが、魔草が魔力を吸い取ることは私以外知らないことです」

そもそも魔草自体、馴染みがないものなのだ。

ルイゾン様は、ソファにもたれて息を吐いた。

「よし、しばらくは他言無用で様子を見てくれ。なにかあったら些細なことでもいい。すぐ報告してほしい」

「承知しました……」

ふっと表情をかげらせてしまった私に、ルイゾン様はすかさず聞く。

「どうした？」

「いいえ」

考えなくてもいいことを考えてしまった。

——もし、ロベール様だけが魔力を持って、マルセル様が魔力を持たなかったら？

小さい頃からずっと一緒にいたおふたりなのに、こんなところで違いが出たら悲しまないだろうか。

——先走った心配をしていても仕方ないわ。とにかくおふたりを見守ることに変わりないのだもの。

「すみません、なんでもありません」

私はルイゾン様にそう答える。

「そうか?」

「はい。なにかあったら、いつでもご相談します」

「わかった」

ルイゾン様はそれ以上、私の懸念に踏み込まないでいてくれた。

けれど、変化は思ったより早く訪れた。

翌日。

同じ練習を繰り返していたら、ロベール様が本質的なコツを掴んできたのだ。

ロベール様は自分の手のひらをジッと見つめて驚いたように言う。

「なにかがぐわっとくるかんじする」

——魔力だ。

内なる魔力が、出口を求めて循環しているのだ。ロベール様がそれをきちんと捉えて、しかるべき呪文とともに放出すれば、魔法を発動できるだろう。

――成長とともに魔力も増えてきたのかしら。あるいは魔力を持っていながらその存在に気付いていなかった？　そうなると、マルセル様も同じ条件だと思うのだけど。

私はマルセル様にさりげなく視線を送る。マルセル様は呆然としたようにロベール様を見つめていた。

双子だからか、いつも一緒にいるせいか、常々おふたりは言葉にする前に通じ合うところがあった。だから今、誰よりもロベール様の変化に気付いているのはマルセル様だろう。

「『ヴィー』！」

「『ヴィー』！」

その後もおふたりは懸命に練習を繰り返した。「ヴィー」は水魔法の呪文で、成功すれば手のひらの上の空間に水を出現させられる。

――結局は見守るしかないことが、もどかしい。

私は不意に、ドニを思い出した。早く花が咲いてほしいからって、あちこちいじると花は枯れる。どんなに土魔法がうまく使えても花が咲くのを待つしかないと言っていた、ドニ。

――心配しすぎるのがよくないのはわかっているんだけど。

頑張りすぎるおふたりの額に、汗で前髪が貼りついた。私はラナからタオルを受け取って、おふたりに言う。

「ちょっと休憩しましょう。ほら、汗を拭いて」

「はい！」

「あつくなりました」

素直に汗を拭かれるおふたりが笑顔であることにホッとする。

おふたりの魔力の訓練を見守ることに集中していた私は、自分の魔力を魔草に吸わせることを忘れて数日を過ごしてしまった。


その夜、久しぶりに悪夢と予知夢をセットで見た。

悪夢の方は、まだたわいないものだった。なにかから走って逃げているのだが、思うように足が動かず息もできない。苦しい、でも逃げなきゃ、という内容だ。苦しさから目を覚まし、ああ、いつもの悪夢かと納得してすぐに寝て——予知夢を見た。

夢の中で私は野外のお茶会のようなところにいた。

真っ赤なドレスを身につけている。

私以外にも流行のドレスを着た令嬢やご夫人たちが大勢いた。

綺麗に刈り込まれた生垣に、咲き誇る花たちが彩りを添える。

用意されたテーブルの上には美味しそうなお菓子がたくさん並び、私はそれらを眺めながらひとりで納得した。

——ああ、これ予知夢だわ。

いつもすぐにそれがわかる。なぜなら私はその世界をただ眺めることしかできないから。自分の動きも制限される。お芝居を見ているかのように、目の前で出来事が起こるのだ。

ただ今回は、予知夢にしても驚かされた。

『お姉様、お久しぶりです。あちらで一緒に座りません？』

私にそう声をかけてきたのは、なんとカトリーヌだった。

髪と同じようなピンク色のドレスを着たカトリーヌは、すぐ近くのテーブルを私に勧める。

——カトリーヌもこのお茶会に出席していたのね。だけど、あまりにも気安いんじゃないかしら。

仮にも王妃なのだ。いつものようにいじめられてはルイゾン様の評判のためにも困る。私は毅然とした態度でカトリーヌを注意しようとしたが、思うようにしゃべれない。

——そうだ、これ予知夢だったわ。

夢の中の強制力を感じながら私はカトリーヌと同席し、勧められるままお茶の入ったカップを手にする。

周りの令嬢たちは興味津々でその様子をうかがっている。特に目立つのが、燃えるような赤毛の令嬢だ。髪と同じ真っ赤なドレスを着て、不敵な笑みを浮かべている。

——いや、これ、絶対、あの令嬢とカトリーヌがなにか企んでいるでしょう。

カップの中のお茶も心なしか、黒い気がする。

――まさか、毒？　でも、私を毒殺するほどカトリーヌが後先考えないとは思わないんだけど、わからないわね……。

ためらいながらも私はその得体の知れないお茶を口に含んだ。そうして、思わず口走る。

『まずっ！』

カップを置いて咳き込んだ。なにをどうしたらこうなるのかわからないくらいまずいお茶だった。苦すぎるのだが、苦いという言葉では言い表せないえぐみがある。

カトリーヌはひどいと泣いた。赤毛美人が慰めるようにカトリーヌに近寄る。周りの令嬢がそれを見て、ひそひそと私の陰口を言う。

私は異母妹のお茶に嫌がらせで難癖をつけたことになっていく。

そんな夢だった。

――いや、あまりにもしょうもないわね⁉

目が覚めた私は真っ先にそう考えた。

――まずいお茶を飲ませる嫌がらせってなんなの？　仮にも王妃に？

嫌がらせになるくらいまずいお茶がいったいどんなものか気になるといえば気になるが……いやいや、飲みたくない。

「ジュリア？」

その声にハッとする。気配で起こしてしまったのか、ベッドの向こう側の端でルイゾン様がきょとんとした顔をしていた。

ルイゾン様の存在を忘れていた私は、いつの間にか一緒に寝ることに慣れてしまったことに気付く。我ながらなんて贅沢なんだろう。

私は小声で謝った。

「起こして申し訳ありません。くだらない夢を見たのでつい」

ルイゾン様はいつもの調子で答える。

「寝ていてもおもしろいな、ジュリアは」

「……いえ、そんなことは」

謙遜になるのかわからないことを一応言った。

「夜明け前だよ。もう少し寝よう」

「はい」

遠慮なく、再び目を閉じる。いつも思うのだけど、私、仮にも国王陛下の隣でこんなにぐっすり寝ていいのかしら。だけど、睡眠は大事だし……。

「寝つきがいいな」

ルイゾン様がそう言って笑った気がしたけど、申し訳なく思う間もなく新たな眠りに落ちていった。

翌日、予知夢のことを思い出した私は、朝食後、ひとりで温室に向かった。

魔草に魔力を吸わせておかないと、また今日も悪夢と予知を見てしまう。先のことがわかるというのは、便利なようでいて疲れる上に、繰り返すと現実と夢の境目がつかなくなりそうなので小まめな対策が必要なのだ。

そんなことを考えながら魔草に手をかざす。ペルルがふわっとシャボン玉のように浮かんだことに、ホッとする。少なくとも、これで今夜は悪夢も予知も見ないだろう。

ロベール様が以前作ったペルルより大きくなったのは、私の魔力量の方が多いからだ。魔草には魔力が残らないので、ペルルは空気中に魔力を放出する役割があると考えられている。

――放出する手前でペルルを置いておけないかしら？　そうしたら、魔力を持ち運べるかもしれないのに。

ふと思いついた考えに、体の動きが全部止まった。

――待って。私、今なにを？　魔力を……持ち運ぶ？

動きを止めた体の代わりに、頭の中が忙しく回り出す。

――持ち運んだ魔力をどうする？　使う。どこで？　どこでも。

私は瞬きも忘れて思考する。

――ペルルを使った魔力の再利用の可能性！

「もしかして、すごくおもしろい考えじゃない……？」

魔力は循環するものなので、固定したり持ち運んだりするという考えは今まで聞いたことがない。ペルルをそんな風に使うことも考えられていない。

飽和するまで魔力を吸ったペルルはシャボン玉のように弾けるのだが、その手前でも、ペルルは触れると壊れてしまうのだ。

——研究する価値があるわ。

その閃きを誰かに話してたくて、私はうずうずした。ルイゾン様にはもちろん話すとして、他に話が通じそうな人はひとりしか思い浮かばない。

「……今ならバシュレー子爵に会えるかしら」

私は急いで離宮に戻る。

植物園に遣いを送ると、いつでもどうぞとの返事が来たので急遽、ひとりで向かう予定を立てた。

出かける準備を終えた私に、おふたりが上目遣いで聞く。

「母上、どこにいかれるのですか？」

「母上、きょうはくんれんしないのですか？」

私は笑顔で答えた。

「訓練も毎日だとおふたりも疲れるでしょう？　休憩を挟んだ方が効率いいので、また明日から再開しましょう。母上は用事があるので少し出かけますね。ラナと待っていてください」

「はあい」

「わかりました」

寂しそうながらもそう返事をしてくれた。


植物園では、まず貴賓室に通された。さすが王立だ。

しかし、挨拶もそこそこに私はバシュレー子爵にペルルについての仮説を話す。

「おもしろい仮説ですね！」

バシュレー子爵は私の勢いに臆することなく、目を輝かせてくれた。

「ですよね？」

勢い込んで私は続ける。

「それで、なにかそういう魔力を固定する植物に心当たりはないでしょうか」

生活の役に立つ薬草は研究が進んでいる。一般的に知られていない効能も、ここに来たら教えてもらえるかもしれないと期待したのだ。

だが、バシュレー子爵は腕を組んで低い声を出す。

「うーん、ご要望には応えられないかもしれません」

「そうなのですか？」

「魔力を固定する植物は見つかっていませんし……これは直感なのですが、魔草は魔草だけで完結すると思うんですよ」

「他の植物の力を借りずとも、ということですか」

バシュレー子爵は肯定の笑みを浮かべた。私は大きく息を吐く。やはり魔草と向き合って研究しなくてはいけないようだ。

「ペルルが魔力を貯めるのは、一般の植物の蜜や匂いのような役割ではないでしょうか。そこからなにか導けませんかね？」

バシュレー子爵の言葉に、私は少し考える。

「……花粉媒介者を引き寄せるような役割をペルルが果たしているということですね。でも魔草は花粉では増えません」

バシュレー子爵はにっこりと笑った。

「頑張って調べてください」

――励ましてくれていると思おう。

「お役に立てず申し訳ない。お詫びに珍しい南方の花をお見せしましょうか」

たいして申し訳なさそうでもないバシュレー子爵に向かって、私はもうひとつのお願いを口にする。

「花はぜひ拝見したいのですが、お聞きしたいことがもうひとつあります」

「なんですか？」

「以前、忠告してくださったメリザンド嬢ですが、もしかして燃えるような赤毛ですか？」

夢に出てきた赤毛の女性がカトリーヌをそそのかしていたに違いないと思った私は、念のためにそれを確かめたかったのだ。

子爵はあっさり頷く。

「そうですよ。会ったんですか？」

「いいえ、まだ。でも近々お会いする気がします」

「楽しみですね」

「でも、やはりなぜバシュレー子爵が私に忠告してくださったのかわかりません」

ああ、それなら、とバシュレー子爵はあっさり告げた。

「メリザンドは、もともと私と婚約していたんですよ」

「えっ」

「バルニエ家は赤毛至上主義ですからね。下手に他の髪色を入れるよりは私と結婚させた方がマシだと思ったのでしょう。私はシャルロットの母方の親戚なので、血もそんなに濃くないですし」

「なぜ結婚しなかったのですか？」

不躾にもそう聞いてしまった。

「赤毛であることに誇りを持っているメリザンドは、髪色の特性を無視して植物園の園長なんかになる私を許せなかったんです」

「……だから私にメリザンド嬢の動向を教えてくださったんですか？」

元婚約者に対する恨みで動くような人に見えなかったけれど、理由が知りたい私は質問を重ねた。

「メリザンドと私の間のことは、仕方のないことだと思っています。私も自分を変えられない。お互い別々の道を歩くけれど、幸せにいてくれたらそれでよかった」

バシュレー子爵は気を悪くした様子もなく答える。

「ただ、その後シャルロットが亡くなったことでバルニエ公爵が、姪であるメリザンドを陛下の再婚相手に抜擢したんです。そのやり方がどうもまずかったらしく、陛下は強く憤って断りました。メリザンドは逆にそれで意地になった様子で、どうしても陛下と結婚したいと漏らしていたようです」

まったく知らないことばかりだった。

「その後、陛下はあなたと結婚しました。私が王妃殿下にご忠告した気持ちもわかってもらえるでしょう？」

最初の温室でのことだと私は納得する。

――まさかそんな経緯があったなんて。

バシュレー子爵は淡々と続けた。

「そんなごたごたがあったせいか、メリザンドは適齢期を過ぎても独身です。それもあって今なお陛下のことを諦めきれないんでしょう。気を付けてください」

「ありがとうございます」

まずいお茶を飲ませる理由がわかった私は、お礼を言った。

その後は植物園の中を案内してもらい、早々に辞した。

王子殿下たちがどうしているのか気になってそわそわしてしまったのだ。

‡

ジュリアが植物園を訪れている間、ロベールとマルセルは家庭教師のデボラと一緒に字の練習をしていた。

「ろ、べ、え、る」

「はい！　そうです。ロベール様、とてもよくできました」

ふたりはとてもいい生徒だった。新しいことを覚えるのが楽しくて仕方ないという様子で、覚えたばかりの文字を書き付ける。

「マルセルもかいた！　まるせるって！」

ロベールが先にデボラに褒められたので、マルセルも急いで自分の名前を書いた。

「わあ！　マルセル様もお上手です！　じゃあ、今度はおふたり、お互いのお名前を書けますか？」

「かける！」

「わたしだって！」

ふたりは競争するように、お互いの名前を書く。デボラは感心したように言った。

「おふたりとも、ご自分の名前だけじゃなくお互いの名前もお上手ですね。さすがです」

ロベールとマルセルはなんとなくお互い顔を見合わせて笑った。

当たり前だ、とマルセルは思う。生まれてからずっと一緒なのだ。寝るのも一緒、食事も一緒、着る服も一緒。自分の名前と同じくらい相手の名前を耳にしている。

ずっと一緒だったのだ——今までは。

マルセルはとっくに気付いていた。ロベールの中には魔力があるけれど、自分にはないということを。

ロベールは明らかになにをどうすればどうなるのかを掴んで魔力の訓練をしている。闇雲に体を動かす自分と大違いだ。

——近いうちに、ロベールは魔力を使いこなす。

マルセルは生まれて初めて、ロベールに置いていかれるような気持ちになった。

それまで、なにがあってもふたり一緒だった。一緒なら大丈夫だと思えた。父親がなかなか来られなくても、食事がまずくても、ロベールとなら我慢できた。

「では次、陛下と王妃殿下のお名前も覚えましょうか。まずは読めるようになりましょう」

デボラの声にマルセルはハッとする。

そうだ、今はもう前とは違う。

今まで以上に父親に会えているし、新しい母親とも楽しく過ごせているし、食事もおやつも美味しい。

「はい、これが、陛下のお名前です。おふたりにとってはご自分のお名前以上によく目にすることかと思います。声に出して読んでみてください」

「るいぞん」

「る……いぞん……」

「はい、とてもお上手です。こちらは王妃殿下のお名前です」

「じゅりあ！」

「じゅりあ」

「さすがですね」

デボラの褒め言葉に、ロベールもマルセルも得意げに胸を張る。

——そんな風に、今が幸せであればあるほどマルセルは不安になる。

今はなんでも一緒にできる。でも、そのうちマルセルだけ、できなくなるかもしれない。そうするとどうなる？　マルセルだけ、ひとりぼっちで薄いスープと硬いパンを食べる生活に戻ってしまう？

——いいや、まさか。大丈夫だ。

大丈夫大丈夫大丈夫。

——でも、もしそんなことが起こったらどうしよう。

マルセルの不安は的中した。

「はっ、母上！　これ！」

「ロベール様！　そのまま、姿勢を崩さず！」

「はい」

ロベールがついに、風魔法を発動させたのだ。

——マルセルはできないのに。

‡

ロベール様が魔法を発動させたことは、その日のうちにルイゾン様に報告した。植物園を訪れて数日後のことだった。

翌朝、家族だけの朝食の場で、ねぎらいの言葉がかけられる。

「おめでとう、ロベール、頑張ったな」

「おめでとうございます。ロベール様」

「父上、母上、ありがとうございますっ！」

「今日は、ジャネット特製パンケーキよ。新作ですって」

朝だからあまり豪華にはせず、少しだけいつもと違うメニューにしてもらった。

「ふわふわ！　しゅわってなる！」

ロベール様は目を丸くして喜んだ。

「美味しいわ、ジャネット」

思わず私も呟いた。ひと口食べると口の中でなくなる不思議なパンケーキだ。

「これは宮廷料理として出せるんじゃないか」

ルイゾン様も満足そうに頷く。

「ありがとうございます……ですが皆様、褒めすぎです……」

ジャネットは真っ赤になって俯いた。

そんなたわいもない会話を交わしつつ、私はこっそりとマルセル様もパンケーキを召し上がっていることを確認し、ホッとする。

ロベール様が魔法を発動した瞬間の、マルセル様の驚いたような諦めたような顔が忘れられないのだ。見ていて胸が痛かった。

その後、すぐにいつものマルセル様に戻ったけれど、きっと内心はいろいろと思うところがあるに違いない。

双子としていつも一緒にいて、なにもかも同じだったマルセル様との初めての分岐点なのだから。

――力になりたい。

心配しすぎちゃいけないのはわかっているけれど、どうしてもマルセル様のことが気になった。

と、マルセル様がフォークを置いた。

「もういいです」

ジャネットのふわふわパンケーキを半分以上残している。

「マルセル様？　お口に合いませんでしたか？」

そう聞いても、首を横に振るだけだ。

「お腹いっぱい」

今まで、食事を残したことなどなかったのに。私はそっとルイゾン様に視線を向ける。ルイゾン様も気遣わしそうに私を見ていた。

「おへやにもどっていい？」

「え、ええ」

「マルセル、まって！　わたしも食べおわる！」

ロベール様が慌てて後を追いかける。

私も追いかけようかと立ち上がりかけたが、ルイゾン様に止められた。

「もうしばらく様子を見よう」

「ですが……」

「生まれた時からずっと一緒だったし、なにをしても同じ結果だったからな。受け入れるまで時間がかかるかもしれないが、あいつなら大丈夫。そう思って見守ろう」

「はい」

こういう時のルイゾン様は、私と違っておふたりときっぱりと距離を取れる。私はそれが羨ましかった。私には立ち入ることのできない信頼関係があるのだと痛感するのだ。

「私がそう思えるのは、君がいるからだよ」

けれど、ルイゾン様はそう言った。

「え？」

「無関心というのは誰にとっても大きな枷だ。まして子どもならなおさら。君がそばにいてくれることは王子たちにとって大きな助けになっている。私と君と、一緒に見守ることができるから大丈夫だと思えるんだ」

「身に余るお言葉です……」

子育てなどしたことのない私なのに、そんな風に思っていてくれたなんて。それだけで力が湧く。

——そうか、それはマルセル様とロベール様も一緒だ。

「私、おふたりのこと……力を尽くして見守ります」

だが、ルイゾン様は少しだけ心配そうに眉を寄せた。

「抱え込みすぎは厳禁だよ。君まで倒れたら大変だ」

「はい。これからは今まで以上に逐一相談しますので、絶対に聞いてくださいね」

「もちろんだよ」

とはいえ、ロベール様とマルセル様があの後どうしているのか気にならないわけはない。

朝食後、執務のため宮廷に向かうルイゾン様を見送った私は、私室でため息をついた。

——今からでもおふたりのお顔を見に行った方がいいかしら。それともいつもの時間に顔を合わせる方がいい？

悩みながら執務机に向かっていると、珍しくフロランスが現れた。

「お忙しいところ申し訳ありません」

本宮殿の女官長をしているフロランスは宮廷を行ったり来たりすることが多く、離宮にはあまり顔を出さない。

「いいのよ。それよりどうしたの？」

「こちら、ご確認いただけますか」

フロランスはうやうやしく封書を差し出した。

「お茶会の招待状のようなのですが、本宮殿に届いていました」

私はそれを手に取って首を傾げる。

「お茶会？　どちらから」

本格的に社交をしていない私に声がかかるなんて不思議だと思い、差出人を確かめた。見慣れた家名がそこにある。

「ロンサール伯爵家？」

私の実家だ。

「どうして本宮殿に送ったのかしら」

私が離宮で生活していることを父も知っているはずなのに。

そこまで考えてハッとした。

「カトリーヌね？」

私宛の手紙をどこに送っていいのかわからなかったに違いない。フロランスは否定せずに黙っている。そういうことだ。

私は予知夢を思い出した。

――これがそうなのね。

「断れないかしら……」

思案していると、フロランスが気の毒そうに言い添える。

「それが、公爵家主催のお茶会でして、王妃殿下とカトリーヌ様は揃ってご参加いただきたいとのことです。カトリーヌ様のお手紙はそのことを念押しする内容のようですね」

なるほど。そういうことか。

フロランスがわざわざそれを言いに来たということは行った方がいいのだろう。

「フロランス、もしかして招待客の中にメリザンド公爵令嬢がいらっしゃる?」

私は念のために聞く。

「ご存じでしたか」

――やっぱり。

どう考えてもカトリーヌに公爵家の友人がいるわけがない。

フロランスは淡々とその名前を告げた。

「バルニエ公爵家のメリザンド様がご参加しております。と、いいますか、場所もバルニエ公爵家ですし実質メリザンド様が主催でしょう」

なるほど。普通に招待しても断られるかもしれないので、カトリーヌを使ったのだ。

――わりと無理筋を通すのね。

まあ、いい。面倒くさいことはとっとと済ませよう。

「わかったわ。出席で返事しておいてくれる？　そうなると……ドレスが必要ね」

フロランスはきっぱりと答えた。

「どんなものでもご用意できます」

夢の中の私は赤いドレスを着ていた。できるならそれ以外の色にしたい。

「青いドレスはあるかしら」

「もちろんございます」

フロランスがにこやかに付け足した。

「王妃殿下、せっかくですから、そのドレスに宮殿の庭園の花を一輪あしらうのはいかがでしょうか」

「そうね。その頃はなにが盛りかしら？」

「青い薔薇がちょうど咲き始めている頃でございます」

――青い薔薇⁉

「それ、いいの？」

フロランスはもちろんといったように頷く。

「宮殿にあるものは、すべて陛下と王妃殿下のものです。ご活用ください」

高位貴族でも滅多に目にすることがない青い薔薇は、育てるのに大変な手間がかかることで有名だ。宮殿の庭園だからこそ咲かせられるそれは、地位と名誉の象徴だ。

——そして、青はルイゾン様の瞳の色。

私はフロランスの援護を感じて、心からお礼を言う。

「ありがとう、フロランス。そうさせてもらうわ」

「どうぞお楽しみいただけますように」

ありがたい、と私は思った。ひとりじゃないと思うだけで、敵地のお茶会にも臆することなく参加できる。

——だからやっぱり私も同じことをしてあげたい。

フロランスが退室した後、私は王子殿下たちの部屋に向かおうと立ち上がる。午後の訓練の時間まで待てなかったのだ。

ところが。

「王妃殿下！　失礼します！」

王子殿下たちを見守っているはずのラナが慌てた様子で、私の部屋に入ってきた。

「ラナ、どうしたの」

「マ、マルセル様が！」

その名前とその声音に私は動揺する。

「どうしたっていうの！」

「マルセル様が……どこにもいらっしゃいません！」

ラナは涙目で告げた。


ラナと並んで私は走った。マナーなんて気にしてはいられない。

「ロベール様とマルセル様は、寝室でかくれんぼしていたのね？」

息を切らせながら聞くと、ラナは頷く。

「はい」

「それがどうして」

「わかりません……」

そうしている間におふたりの寝室に着いた。もともと、私の部屋とそれほど離れてはいないのだ。

扉が開いていたので中を覗き込むと、ロベール様が飛んでくる。

「母上！　マルセルが！　マルセルが！」

私はさっと屈んで目線を合わせてから、ロベール様の手を取った。ロベール様は泣きながら、ゆっくりと話し出す。

「ふ、ふたりで、かくれんぼ、していたんだ」

「最近のお気に入りの遊びでしたよね」

「そ、そう……デボラに……おしえてもらって……」

どんな遊びを王子殿下たちとするか、デボラからあらかじめ報告は受けていた。

かくれんぼは単純な遊びながら、見つかったら役割を交代することや、どこに隠れたら見つからないか、相手の立場になって考えることが盛り込まれていると聞いて、許可を出していた。

「隠れる範囲はここなのよね」

私は寝室をぐるっと見回す。

私とルイゾン様の寝室よりは小さいが、おふたりで使う部屋なので十分広い。

勉強や遊びは別の部屋が割り当てられている。ここは天蓋付きのベッドとサイドテーブルと衝立(ついたて)くらいしか置いていないから、余計に広く見えるのかもしれない。

あとは作りつけのクローゼットと暖炉がひとつずつ。

「いつもはどんなところに隠れますか?」

私はロベール様の涙をハンカチで拭いながら聞いた。

「ベッドとか……」

その言葉に立ち上がって、私はベッドをふたつとも調べる。だが、上掛けをめくっても誰もいない。

窓は腰の高さしかないので、カーテンに隠れるのも無理だ。

あり得ないと思いつつ、頭上に輝くシャンデリアも目視する。もちろん誰も乗っていなかった。今の時期使っていない暖炉もすでに捜された後で、衝立の向こう側も誰もいない。

マントルピースの上の高価で豪華な置き物も動かされた様子はなかった。

「残るはクローゼットだけど……」

私の呟きに、ラナがおずおずと言う。

「ですが、そこは真っ先にロベール様がお捜しになって、他の皆も捜しました」

それはそうだろう。どう見てもここしか隠れる場所がない。

艶のあるオークウッドでできたクローゼットは両開きの小ぶりなもので、引き出しなどはない。念のため開けてみるがいくつかの着替えが入っているだけで、やはり誰もいなかった。

——いったいどこに行っちゃったの。ダメよ、私が動揺したら皆に影響するわ。

私は落ち着きを心がけながら、もう一度部屋の中を見回した。だが、何回見ても同じだ。

ベッド、暖炉、布ばりの椅子、クローゼット、衝立。

——ここは代々の王妃たちの第二寝室として使われていたのよね。

夫婦の寝室は今私が使っているところだが、王妃様たちはここをゆったりとひとりで眠りたい時に使っていたらしい。

私の部屋に近いので、ここを王子殿下たちの寝室にしたのだが——もしかして。

私はある可能性を思いついて、人払いする。

「悪いけど、皆、一旦廊下に出てくれる？」

「王妃殿下、それはなぜ」

「試してみたいことがあるの。すぐだから。ロベール様もラナと出ていてください」

「……わかりました」

ロベール様は不安そうに瞳を曇らせたが、私がその目をしっかり見て頷いたのを確認すると、黙って出ていった。

人がいなくなったのを確認してから、私はもう一度クローゼットの扉を開ける。

初めてルイゾン様と出会った時のことを思い出したのだ。

『この宮殿は複雑な作りだからね。王子たちの住まいにすぐに行けるように、後から作ったんだ』

――歴代の王妃たちの寝室だもの。避難用の隠し扉があっても不思議じゃないわ。

一縷の望みを賭けてまずはクローゼットを外から押す。右から左から力をかけるが、クローゼットは動かない。

それならばと扉を開けて、中に入る。

大人が立つ高さはないので、膝をついて中をよく点検した。お望みのものはすぐに見つかる。

――あった！　これだわ。

左奥の隅に、周りと同化してまったくわからない同じくオークウッドの突起があった。ためらいなく押すと、カチッという音がする。息を殺して背面を押したら、ゆっくりと向こう側に開いた。

「……やったわ」

思わず声が出る。

向こう側は通路ではなく、部屋になっているようだ。

しかし、どういう仕組みか、なにもせずにいるとその扉は自然にこちら側に戻ってきて閉まった。

「なるほど……バネかなにか使われているのね。押さえておかないと戻ってくるんだわ」

心得た私は靴を脱いでから、もう一度突起を押した。そうして素早く、扉の向こうに体を滑らせる。扉が戻る前に靴を挟んだので、それ以上は閉まらない。

「ここにマルセル様がいればいいんだけど……」

天井に明かり取りがあるだけの部屋なので、仄暗さに慣れるまで少しかかる。

だけど、すぐに床に倒れているマルセル様を発見して駆け寄った。

「マルセル様！　マルセル様！」

なんとか出ようとしたのか、明かり取りの窓の下でマルセル様は横になっていた。口元に手をかざすと呼吸を感じたので、脱力するくらいホッとした私はマルセル様を膝に乗せるように抱きかかえた。

涙の跡が頬にたくさんついている。

うっかりここに入ってしまい、なんとか出ようとして泣き疲れたのだろう。

――ということは、ここはかなりの防音が効いた部屋なのね。

すぐそこで捜していた皆が気付かないほどしっかりした造りなのだ。

隠し扉がすぐに閉まるのもあえてなのだろう。賊に襲われた王妃が避難するためなのか、それ以外に使うのかわからないが、今はそんなことどうでもいい。

――マルセル様が無事で本当によかった。

私は小さな声でマルセル様に声をかける。

「マルセル様、マルセル様、戻りましょう」

声が届いたのか、マルセル様はゆっくりと目を開いた。

「……はは……うえ？」

「はい。怖かったでしょう。もう大丈夫ですよ」

「母上！　母上！」

私は縋りつくマルセル様をしっかりと抱きしめる。

「遅くなってごめんなさい。でも、母上は絶対にマルセル様をひとりにしませんから……絶対に……これからも」

何度もそう繰り返しながら、その小さな背中をさすった。マルセル様が小さく頷く。

そこから急いで元の場所に戻り、廊下で待っている皆にマルセル様の無事なお顔を見せた。

皆、一斉にホッとした声を出す。

「マルセル様！」

「よかった！」

「ご無事でなによりです！」

「でも……いったいどこに？」

ラナの質問に私は言葉を選びながら答える。隠し扉のことを話していいものか私には判断できないので、慎重にならざるを得ない。

「それは言えない……のだけど、皆が懸命に捜してくれたことはルイゾン様にもお伝えするわ。二度とこんなことがないように対策も講じます」

ルイゾン様に頼んで、あの扉を開かないようにしてもらうつもりだった。いつまた誰が閉じ込められるとも限らない。

——そうだ、ロベール様は？

私はマルセル様を取り囲む皆の中にロベール様を捜す。

だけど、ロベール様はそこにはおらず、少し離れたところからマルセル様をジッと見ていた。

同じことを考えたのか、マルセル様もきょろきょろと辺りを見回してロベール様の姿を捜していた。ロベール様もここへ、と私が言おうとしたらその前に、マルセル様がロベール様に向かって両手を伸ばして歩き出した。

と同時に、ロベール様もマルセル様に向かって両手を伸ばして駆け寄った。

ふたりはなにも言わず、抱きしめ合って泣き出した。


その夜。

寝室でルイゾン様に今日の出来事を報告すると、そういえばと今さらながら言われた。

「あそこに隠し部屋があったな。忘れていたよ」

呑気な口調が腹立たしくて、思わず睨みつける。

「教えておいてくだされば、もっと早く見つけましたのに」

「すまない。なにしろそんな部屋ばかりなんだ」

さすが歴史ある建物だ。私はため息をつく。

「だが、見つけてくれて助かった。ジュリアのおかげだ」

あらためてそう言われると、怒れない。

「いいえ、よかったです。もう開かないようにしておいてくださいね」

「わかった。それ専門の職人がいるから、手配しておくよ」

「隠し扉専門の職人ですか？」

「もちろん、表立ってそう名乗っているわけではない。これも王室の秘密のひとつだ」

いろんな職業があるものだ。

私が感心していると、ルイゾン様がねぎらうように言う。

「疲れただろう、今日はゆっくり眠るといい」

時計を見ると、真夜中だった。

ちょうどいい、と私は立ち上がる。

「あ、いいえ。ちょっと行きたいところがあるんです。ルイゾン様は休んでいてください」

「今から出かけるのか？　こんな夜中なのに？」

ルイゾン様は驚いた声を出した。

「こんな夜中だからこそ行くのです。そのために起きていたんですよ」

「てっきり私の帰りを待っていてくれたのだと思ったが」

「ルイゾン様になら朝食前にでもお話しできますから」

私はストールを羽織りながら言う。

「……そうだな」

「じゃあ、失礼しますね」

「待て、私も行く。王妃ひとりでこんな夜中にうろついては危ない」

私は笑って行き先を告げた。

「すぐそこですよ」

「すぐそこ？」

私は先頭に立って、王子殿下たちの寝室に向かう。

「静かにお願いします」

ついてきたルイゾン様が不思議そうに小声で言った。

「どうして今日に限って様子を見にいくのだ？」

「マルセル様が心配で。昼間、薄暗いところに閉じ込められたのだから、怖い夢を見ていてもおかしくありませんもの」

真夜中の廊下は真っ暗で、手元の明かりがなければなにも見えない。

「そういえばそうだな」

ルイゾン様の声が近いことに私は安心する。

「私もカトリーヌに納屋に閉じ込められた時は怖い夢を見ました。まあ、悪夢には慣れていますけど」

「カトリーヌ……確か異母妹だったな？」

「はい」

「……覚えておこう」

「ルイゾン様が私の異母妹まで覚える必要はないですよ」

申し訳なく思ってそう言っているうちに、あっという間におふたりの寝室にたどり着いた。

「しーっ」

私は人差し指で口を押さえて、こっそり扉を開ける。

昼間見た時とは違って、寝室は暗闇に包まれていた。

そして——微かに泣き声がする。

「うっ……うっ……うっ……」

マルセル様だ。私は足音を立てないように近付いた。ルイゾン様も黙ってついてくる。

「マルセル様」

私は囁き声で呼びかけた。

すっぽりと頭までかぶっていた上掛けを跳ね除けて、マルセル様が顔を出す。

「……母上？」

隣のベッドではロベール様がすやすやと寝息を立てていた。マルセル様は夢か現かわからない様子で、私を見つめている。私はもう一度上掛けをかけ直して、優しく囁く。

「大丈夫です。母上がここにいます。だから眠りましょう」

「……うん」

マルセル様がホッとしたように力を抜いたのがわかった。

涙の跡を拭いながら、小声で言う。

「……母上はマルセル様とロベール様が笑顔でいてくれたらそれでいいんです」

少し眠そうな声になって、マルセル様が問い返した。

「えがお……母上は？」

「もちろん私もおふたりがいてくれたら、それだけで笑顔になります」

「うん……ははうえ……」

あっという間に、とろけるようにマルセル様は寝入る。疲れていたのに興奮して眠れなかったのだろう。

私は少し離れたところに立っていたルイゾン様に小声で告げた。

「もうしばらくついていますから、ルイゾン様は戻ってください」

「これで終わりじゃないのか？」

「悪夢は繰り返すものです」

「だが、君が寝られない」

「マルセル様の隣を借りて、少しうとうとします。朝には戻りますから」

「……わかった。ここは君に任せた方がいいようだ。よろしく頼む」

「はい。おやすみなさいませ」

ルイゾン様に挨拶をした後、私はマルセル様の邪魔にならないよう、ベッドの少し離れたところで横になった。

大人用のベッドなので、十分余裕がある。

明かりを落とした部屋の中で、おふたりの寝息を聞いていると、そんなわけないのにカトリーヌに納屋に閉じ込められたあの頃の自分もそこにいるような気がした。

——もう大丈夫。ひとりじゃないわ。

私はその子にも話しかける。

しばらくうとうとしたり起きたりを繰り返していたが、マルセル様がその後目を覚ますことはなかった。安心した私は、明け方にはルイゾン様の寝室に戻った。


翌日、若干寝不足の私は、欠伸をこらえながら朝食の席に着いた。

ロベール様とマルセル様はいつもと変わらず、ジャネット特製パンデピスを食べている。小麦粉と蜂蜜をベースにして、ジャネット秘伝のスパイスを使ったパンデピスは何度食べても飽きないくらい美味しいのだが、マルセル様は今までにない勢いで完食した。

「母上、わたし、ジャネットのパンケーキまた食べたいです。こんどはのこさないので、またつくってもらえますか？」

「……もちろんよ！」

「母上、わたしも食べたいです！」

ロベール様もそう言い、しばらくパンケーキが朝の定番になりそうだった。

魔力の訓練も今まで通り行われた。

「そう、そうです！　ロベール様！」

ロベール様はどうやら風魔法の適性があるようだが、念のため他の属性も練習している。

「ぬしゅ！　ぬしゅ！」

マルセル様も、地道に訓練を続けている。

――なんてえらいのかしら。

親馬鹿ではなく、本当に心からそう思う。

私はそれぞれ一生懸命なおふたりに声をかけた。

「もう少ししたら休憩にしましょう。ジャネットが林檎のゼリーを作ってくれていますよ」

「わあい！」

「わたし、林檎だいすき！」

「わたしも！」

顔を見合わせて喜ぶおふたりの笑顔につられて、私も微笑んだ。

6、君のことをもっと知りたい

そうして十日後。

毎日が充実していてすっかり忘れていたが、お茶会の日がやってきた。

――行きたくないけど、行かなきゃね。

もともと社交が得意ではないので、つい鬱々（うつうつ）としてしまうがなんとか支度を終える。

「ロベール様、マルセル様、母上はちょっと出かけてきますね」

子ども部屋に行って、そう声をかけた。

返事がないのでどうしたのかと思ったら、艶のある青いドレスに着替えた私をロベール様もマルセル様もぽかんとして見つめていた。

「やっぱりおかしいかしら……」

昼間なのでそんなに露出はしていないが、いつもよりはきちんとした格好だった。

黒髪は逆に目立たせた方がいいとフロランスが言ったので、離宮のメイドたちが腕によりをかけて真っ直ぐに整えてくれたものを下ろしている。

胸元には鮮やかな青い薔薇が飾られていた。

ルイゾン様の瞳と同じ色にちょっとだけ照れたが、さすがに圧倒する美しさだ。

だが、おふたりは金縛りが解けたかのように急に饒舌になった。

「母上、きれい！　すっごくきれいです！　びっくりしました」

「うん、母上、きれいです！　おはなもきれいです！　母上みたい！」

――青い薔薇が私みたい？

「ありがとう！　おふたりにそう言ってもらえたら、もう十分だわ。いってきます！」

「いってらっしゃいませ！」

「おきをつけて！」

さっきまでの鬱々とした気分など吹き飛んだ私は、張り切って公爵家に向かう。


ガーデンパーティだったが、庭園はなかなかよかった。

――ドニには負けるけど、悪くないわ。

赤毛を重んじる家門とは聞いていたが、これほどの庭園を維持するにはかなりの土魔法の熟練者を雇っているのだろう。

案内されるままテーブルに座ろうとすると、聞き覚えのある声がした。

「お姉様、お久しぶりです。あちらで一緒に座りません？」

髪と同じようなピンク色のドレスを着たカトリーヌは、ティーセットが用意されているすぐ近くのテーブルを勧める。

――夢と一緒だわ。

私は笑顔でそれを断った。

「いいえ、私はここに座るわ」

だって、これは現実なのだ。

「え？」

目を丸くして固まるカトリーヌに、私はやんわりと釘を刺す。

「久しぶりね。カトリーヌ。今は許すけれど、今後は私の許しなく話しかけないでね」

「な……」

今の私たちは異母姉妹ではなく、伯爵令嬢と王妃なのだ。

さらに私は辺りを見回して、独り言のように呟いた。

「メリザンド嬢にご挨拶したいのだけど、いらっしゃらないのかしら」

すると、どこからともなく燃えるような赤毛と、それに負けないくらい赤いドレスを着た令嬢が前に現れた。やはり、様子をうかがっていたのだ。

「王妃殿下、ようこそいらっしゃいました」

前王妃シャルロット様の父方の従姉妹で、バシュレー子爵の元婚約者だったメリザンド嬢は、私よりふたつ上の二十二歳だと記憶している。

髪色と同じく、見るからに情熱的で艶やかな印象を与える方だった。

私はにこやかに挨拶する。

「初めまして、メリザンド嬢。もっと早くお会いできるかと思っていましたので、ご招待嬉しく存じます」

メリザンド嬢の顔が強張った。と、同時に周りのご令嬢たちが扇で口元を隠して、ひそひそ囁くのがわかる。私は気にせず核心をついた。

「結婚式では体調が悪かったとか。残念でしたわ」

ルイゾン様と結婚したかったメリザンド嬢がわざと結婚式に出なかったのは有名な話だ。

まさか正面からそのことに触れられると思っていなかったのか、メリザンド嬢が若干ひきつった笑いを浮かべた。

「え、ええ。その節は大変失礼しました」

「お元気になられたようでなによりです」

カトリーヌがぽかんとした顔で私を見ている。実家にいる時と全然違うからだろう。

私は離宮から持ってきた手土産を付き添いのメイドたちに運ばせて言った。

「これ、うちの自慢の料理人が作ったパンデピスなの。よろしかったら皆様で」

メリザンド嬢は、喜びながらも馬鹿にするという高等な技を使いながらそれを受け取る。

「まあ！　王妃殿下からお土産をいただけるなんて。パンデピスなんてありふれたお菓子でさえ、格別な味わいになること間違いありませんわ。早速いただいても？」

「ふふ、召し上がってみて」

それを契機にお茶会が始まった。

皆、思い思いの席に着き、お茶と一緒に、公爵家の使用人が切り分けたパンデピスが供される。

それとなく観察すると、ひと切れ口にした途端、皆、恍惚とした表情になるのがわかった。

そうでしょう、そうでしょう、と私は内心で胸を張る。

――ジャネット特製パンデピスは、贅沢に慣れていらっしゃるルイゾン様でさえ感心する味なんだから。

今日のはさらに、お茶会用に中にジャムを詰め、外側を砂糖がけしていた。複雑なスパイスの香りと、ジャムの酸味と、砂糖がけの甘味が合わさって口の中が至福になる。

「さすが宮殿ですのね」

「懐かしいようで新しい味ですわ」

「お茶に合いますのね」

皆、それぞれの言葉で褒めてくれるのが聞こえた。

せっかくなので私もいただこうと、カトリーヌが勧めたのとは違うテーブルに腰を下ろす。

メリザンド嬢は別の令嬢たちと話し込んでいるのか、姿が見えなくなった。

そこへすかさずカトリーヌが寄ってくる。

「お姉様、お茶をお淹れしますわ」

「……そう」

——来たわ、これ、絶対まずいお茶だわ。

私は警戒心を感じさせないように、カトリーヌに笑いかけた。

「ありがとう、いただくわ。あなたもどう？」

「もちろん！　いただきます」

ホッとしたようにカトリーヌは私の前に座り、ぎこちない手つきで私にお茶を注いだ。

メリザンド嬢が私から離れているところを見る限り、このお茶を飲ませる役割はカトリーヌに託されている。そこまでする見返りはいったいなんだろう。

カトリーヌのことだから、いい縁談？　あるいは単に贅沢？　単純に私に嫌がらせができるなら、なんでもよかった？

——そんなだから、つけ入れられるのよ。

私はカップに手を伸ばしてから、思いついたように提案する。

「そうだ、カトリーヌ」

「な、なんですか」

「さっきはあんなこと言ったけど、せっかくだから姉妹として新たに契りを結びましょうか」

「え！　もちろんですわ！」

カトリーヌはホッとしたように頷いた。ピンクブロンドの髪がふわふわと揺れる。

「じゃあ、そのしるしに、お互いのカップを交換して飲みましょう」

私は手にしていたカップを差し出して微笑んだ。

「え？」

カップを中身ごと交換するのは信頼の証だ。

周りはほのぼのとした目で私たちを見つめている。

黒髪令嬢とその妹の和解だ。明日には社交界中に広まるだろう。

「どうぞ。こちらいただくわね」

返事をしないカトリーヌの代わりに私は勝手にカップを交換して、ごくりと飲んだ。

「飲まないの？」

そして悲しそうな顔をして言う。

「やっぱり、私と姉妹の契りなんて嫌だったかしら……」

「そんなことないわ！　いただきます！」

カトリーヌは勢い込んで飲み、そして——。

「まっず！　まっずい！　苦ぁい！」

げほげほと咳き込んだ。

私は驚いたように立ち上がって叫んだ。

「大丈夫⁉　カトリーヌ！　あなたまさか毒を？」

カトリーヌはハンカチで口元を押さえながら答える。

「そんな……こと……ないわ」

「だって、あなたが淹れたお茶を飲んでそんなに苦しそうなのよ……悲しいけれど疑ってしまうわ。そうだ、カップとポットを持ち帰って宮廷で調べてもらいましょう」

私が証拠を持ち帰ろうとする前に、メリザンド嬢が現れた。

「カトリーヌ様！　なんてことをするんですか！」

――うわあ、すぐに切り捨てたわ。

「カップと紅茶を持ち帰らせていただいても？」

私がそう言うと、メリザンド嬢は焦ったようにカトリーヌに向き直る。

「いえ、まずは、カトリーヌ様に話を聞いてみましょう。カトリーヌ様、なにを紅茶に入れたのですか」

――自白を強要させて、自分は無関係だと言いたいのね。

そうはさせまいと、私は悲しそうにまつ毛を伏せた。

「昔から、カトリーヌは黒髪の私のことを疎んじていましたの。こんなことがいつか起こるんじゃないかと思っていましたわ。メリザンド嬢もご存じかと思っていましたけど」

令嬢たちがさらにざわつく。

「どういうことですの？」

「不仲だとご承知で招待したのかしら」

「だって、メリザンド様……ルイゾン様の……」

「しっ」

どうやら完全にメリザンド嬢の味方をする令嬢は少なそうだ。あるいは、今日、私を無様に引きずり下ろすことで味方を作ろうとしたのかもしれない。

「ソ、ソワです」

すると、メイドから水をもらって飲んでいたカトリーヌがか細い声で言った。

「そわ？」

周りがきょとんとする中、私だけが納得する。カトリーヌはさっきのメリザンド嬢の質問に答えたのだ。

私は皆に聞こえるように叫んだ。

「ソワの粉末！　あれを紅茶に？」

カトリーヌが大きく頷く。ソワの入った紅茶を飲んだのなら、さっきの態度も頷けた。私は令嬢たちにわかるように説明する。

「ソワは、薬草の中でもとびきり苦いものです」

可憐な花とは裏腹に、それはもうびっくりするくらい苦いのだ。気付け薬として使われてもいる。

「あの、よろしいでしょうか」

周りの令嬢のうちのひとりがそう言った。どうぞ、と私は促す。

「ソワには毒があるんですか？」

「いいえ、私の知る限り毒はありません。ただ、強烈に苦いだけで」

「そうですか」

令嬢たちが頷き合った。さっきのカトリーヌを思い出しているのだろう。

「カトリーヌ様がこのようなことされると存じ上げなくて……失礼しました」

メリザンド嬢が私に謝った。

一応、主催者としてのお詫びのつもりなのだろう。もっと責任を追及してもよかったのだがカトリーヌの罪を問うと、私の実家に影響が出る。メリザンド嬢はそれをわかってカトリーヌを使っているのだ。

——気に入らないわ。

だが、これ以上は私も踏み込むつもりはなかった。ある程度牽制はできただろうから、一旦帰ることにする。

「これ以上ここにいても安心できませんので、失礼しますわ」

メリザンド嬢は申し訳なさそうな顔を作っておきながら、まだ攻撃してきた。

「本当に申し訳ございません。黒髪の大変さを私がわかっていなかったばっかりに……王妃という重責もこなしていらっしゃるのですから、どうぞご自愛くださいませ」

立ち去りかけていた私は、ぴたっと足を止めて振り返った。

「ルイゾン様が助けてくださいますから、大丈夫です」

メリザンド嬢は、表情をなくして固まった。

私は胸元の青い薔薇にそっと触れる。

ルイゾン様だけじゃない。皆助けてくれる。だから大丈夫。

――そして、付け足した。

「メリザンド様は、本当に美しい赤毛ですのね」

「え」

「裏もなにもなくそのまま受け取ってください。私が見た中で一番美しい赤毛です」

「それは……どうも」

「ですが、皆様の髪色も素敵です」

皆の戸惑いが伝わってくるけれど、私は続ける。

「どの色も同じものはひとつもない。不思議ですね。似ているようでちょっとずつ違う。ただ……私の経験から言えば、こだわればこだわるほど楽しくないんですけど」

「どういう意味――」

「意味などありません。言ったでしょう？　そのまま受け取ってください。それでは」

失礼します、と私はそこを辞した。

カトリーヌのことは帰ってルイゾン様に相談しよう。公爵家への対応も。

それよりも今は早く帰って、王子殿下たちとおやつを食べたかった。


その日の夜。

ルイゾン様に一部始終を報告すると、ひとしきり笑われた。予知のことは話さずに、ただ嫌な予感がしたからカップを交換したとだけと説明したら、興味深そうに聞かれる。

「ソワの粉末ってそんなに苦いのか」

「慣れてなかったら、悶えますね。魔草の方がまだマシです」

「魔草も食べたのか？」

ルイゾン様がまさかという顔で尋ねた。私は肩を竦める。

「少しだけ。ドニに怒られるので全部は食べてません」

「それはそうだよ。どんな影響が出るかわからないんだから」

「つい興味が」

ルイゾン様は楽しそうな声を出して、ソファに深く寄りかかった。

「異母妹と公爵家については、こちらから苦言を呈しておこう」

「申し訳ありませんがお願いいたします」

「いいや、こちらこそお飾りの王妃でいいと言ったのに、社交に巻き込んでしまったな」

「そもそも余計なことをしたのはうちのカトリーヌです」

ルイゾン様はなにかを考えるように腕を組む。

そして、私に向き直った。

「ジュリア」

「なんですか？」

「最近いろいろあったし、息抜きと気分転換を兼ねて一緒に買い物に行かないか？」

「買い物ですか？　ルイゾン様と？」

ルイゾン様は内緒話をするように唇に人差し指を当てる。

「もちろんふたりきりだよ。ロベールとマルセルには執務と言っておこう」

——お誘いはありがたいけれど、『王族の金髪』と『悪魔の黒髪』が並んだら、目立って仕方ないのではないんじゃないかしら。

私の考えを読んだかのように、ルイゾン様が付け足した。

「たまに出かけるんだ。お忍びで城下町を」

「ということは、本当にこっそりと？」

「ああ。変装もする」

――どんなに変装しても、ルイゾン様の麗しさは隠せない気がするけど。

私自身の顔はまだそれほど知られていない。本格的なお披露目は、王子殿下たちの『橋渡りの儀式』が終わってからと言われている。

でも、隠しても隠しきれないのはこの黒髪だ。

――スカーフとかで完全に覆えばなんとかなるかしら。

麗しいルイゾン様の隣を歩くのにふさわしい格好ではない気がするが。

あれこれ考えていると、ルイゾン様が私を安心させるように言った。

「大丈夫。私に任せてくれ。美味しいものでも食べよう」

「美味しいものですか？」

「ああ。庶民の食べ物も悪くないよ」

「……承知しました」

好奇心に負けてしまった私は思わず頷いた。

数日後、本宮殿の女官のクララが離宮に来た。

「いかがでしょうか」

クララは私に手鏡を差し出してそう言った。

「……本当に変わるんですね」

鏡の中の私は艶のある栗色の髪になっている。クララが見慣れない道具を駆使して、私とルイゾン様の髪色を薬草で大きく変えてくれたのだ。

「おもしろいだろう？」

そう笑うルイゾン様は明るいオレンジ色の髪になって、いつもより親しみやすい雰囲気だ。とはいえ、高貴な色気がちょっと崩れた色気になって、それはそれで注目を集めそうだった。

「おふたりとも、元の髪色の主張が激しいのでそれが限界です……」

クララが疲れの滲んだ笑顔で言う。

本当ならもっと早く染まるはずなのに、私の黒髪もルイゾン様の金髪もなかなか薬草の色味を受け入れなかったのだ。

「クララは本当に優秀ね」

昔、ミレーヌお義母様に染められた時はまったく変わらなかった私の黒髪が、ここまで明るくなること自体すごいのだ。

ルイゾン様も手鏡で自分の髪を見つめながら言う。

「クララは本宮殿の医療女官なんだが、薬草の使い方に関しては群を抜いている」

私は鏡から目を離して、クララに向き直った。

「タオルで巻いたり、温めたり、私たちが疲れないように気を配ってくれたり……クララ、本当にありがとう」

クララは驚いたように瞬きを繰り返す。

「いいえ！　王妃殿下！　いつでもまたおっしゃってください！」

私はふと、クララの髪をジッと見つめた。ひとつにまとめているから気付かなかったけれど、緑がかった茶色という珍しい色をしているのだ。

「それは自分で染めたの？」

「いいえ、もともとなんです。得意なのは火魔法なんですけど」

――火魔法が得意なのに赤毛じゃない？

思わずルイゾン様に視線を向けると、ルイゾン様は心得たように頷く。ご存じの上なのだ。

使ったタオルや櫛などを片付けながら、クララは続ける。

「私、こんな髪色なのに火魔法が得意で、でも、好きなのは医療や薬草なんですよ。ややこしいですよね」

明るい口調だったが『ややこしい』のひと言に、今までの苦労が詰め込まれている気がした。

癒しに関わる医療系は茶髪の属性だと言われている。治癒魔法ほどの特殊魔法は何百年にひとりしか現れないが、治療に必要な水や氷を出せる水魔法は茶髪の領分だからだ。

おそらくクララは水や氷は出せず、でも、医療分野が好きなのだ。

クララはふんわりと笑って付け足す。

「規格外でしょう？　親にも薬草なんか勉強せずおとなしく言うこと聞いて火魔法を使いなさ

いとずっと怒られていて、随分早くに家を飛び出したんです。なんとか王都の施薬院で働けたのはいいけれど、重宝されるのは火魔法を使う仕事ばかりでやさぐれていた時に、こちらの求人を見かけたんです」

　ルイゾン様が出したものだと聞かなくてもわかった。髪色や属性にこだわらないと書かれていたはずだ。

　火魔法はどこでも重宝されるので、医療に携わることさえ諦めたら高給取りになれただろう。

　でも、目の前のクララは本当に楽しそうだった。

「髪色を変える技術は、どうやって身につけたの？」

「偶然なんです。痛み止めの治療に使う薬草を、冷やして温めて、水分を適度に与えた髪に塗ってから洗い流すと、一時的に髪の色が変わることに気付いたんです」

「すごいわ……」

　理屈はわからないけれど、クララの発見がすごいことはわかる。

「髪色は二時間ほどで戻りますので、気を付けてくださいね」

「薬草の話、また聞かせてくれる？」

「もちろんです！」

　片付け終わったクララは一礼して、出ていった。ルイゾン様が私の方に手を置いて言う。

「さあ、次は着替えだ。衣裳室に行こう」

はい、と返事をして私はルイゾン様と衣裳室に向かった。

こんな綺麗な栗色の髪で外に出られるなんて、それだけでもどきどきするのに衣裳も変えるのだ。

「サイズは大丈夫ですか」

「ぴったりだわ」

衣裳室ではあらかじめルイゾン様の指示を受けていたソアンというメイドが、私を町娘のような格好に着替えさせた。濃いオレンジの綿のワンピースに、オレンジの薔薇を模した髪飾り。

——こんなにかわいい髪飾りが似合う髪色……嬉しい。

照れながらも鏡を覗き込む私に、ソアンは微笑む。

「裕福な商家のお嬢様という設定にしました」

私が実家で着ていた普段着より上等なところがさすがだ。

歩きやすい靴に履き替えた私を見て、ソアンが満足そうに何度も頷く。

「とても素敵ですわ。いつものキリッとした雰囲気の王妃殿下もお綺麗ですけど、こちらもお似合いです」

——黒髪のキツさを優しく表現してくれる……いい人だわ。

その格好で玄関ホールに向かうと、すでに着替え終わったルイゾン様が待っていた。

ルイゾン様は飾りのないシャツと吊りズボンに質素な上着を合わせていたが、隠しきれない品のよさが、訳あり貴族のお忍び感を醸し出していた。

ちなみに、ロベール様とマルセル様はお昼寝中だった。おふたりに見つからないようにこっそり出ていく計画だ。

ルイゾン様は、満足そうに上着の襟を引っ張った。

「貴族の末っ子あたりが、商人の娘と逢引きしているように見えるかな」

意外と設定を作り込む。だけど、私もそれが楽しかった。ついはしゃいだ声を出す。

「だから、私のワンピースと髪飾りはオレンジなんですね」

お互いの色をどこかに入れるのは、貴族でもする恋人同士の遊びだ。

「そう。こうしておけばジュリアが私のものだとわかるだろう?」

――もの！

「あ、失礼な言い方だったね」

すぐに訂正するのがルイゾン様のいいところなのだが、恋愛経験がない私には十分刺激が強かった。

「行きましょう……」

私が弱々しく言うと、ルイゾン様は笑顔を見せながら私の手を取った。

「え?」

「地味な馬車を用意しているんだ」

背後から使用人たちの視線を感じる。

「いってらっしゃいませ！」

「ごゆっくり、どうぞ」

「お気を付けて！」

――皆の声がやたら優しく聞こえるのは気のせいよね？

予定通り、王都の中心地に到着した私たちは、馬車から降りて並んで歩いた。

「ジュリアはどこか行きたいところはあるかな？」

隣を歩くルイゾン様がそう聞いてくれる。だけど私の意識は、馬車の中では離されていたのに降りる時に再び繋がれた手に集中していた。

「あの、ひとりでも歩けます」

一応抵抗してみたが、笑顔で却下される。

「絶対迷子になる」

「そんなことありません」

「じゃあ、今ここではぐれても道がわかる？」

ルイゾン様は立ち止まって、私に周りを見るように視線で促した。

私は言われるがまま、左右を見回す。

商業が盛んな地区に来たせいか、歩いているのは庶民が多い。

小さな子どもの手を引いたおかみさん。花を売る少女。職人風の中年男性。

貴族らしき令嬢もいるけれど、護衛だろう男性がそばにいる。

「あの中も、一本道に見えて、あちこち入り組んでいる」

ルイゾン様はすぐそこにある市場の入り口を指して言った。

「横道にでも逸れたら戻れないよ」

確かに初めて訪れた私がひとりで歩くには、厳しい感じだ。

「わかりました。お手数をおかけしますが、これはこのままで」

手を繋いでいることはかなり照れるのだけど、迷子になるわけにはいかない。

「じゃあ、話を戻して、行きたいところがあるならそこから先に回るよ」

ルイゾン様はにっこりと笑った。

髪色がオレンジでも、端整な顔立ちは変わらないのでかなり注目を集める。

すれ違ったエプロン姿の娘さんが顔を赤らめてルイゾン様を見つめてから、意外そうに隣にいる私を見て立ち去った。

――わかりますよ。私にルイゾン様は釣り合いませんよね。

しかし、共感する暇はなかった。

「きゃっ！」

繋いだ手を離したと思ったら、ルイゾン様が私の腰に手を回したのだ。

「近いです！」

しかし、ルイゾン様は真顔で言う。

「なにか不埒なことを考えているようだったから」

不埒？

「いいえ、むしろ真面目なことを考えていました」

「そういうことにしておこうか」

なんだか不満そうだったが、ルイゾン様はすぐに腰の手を離し、さっきまでの手繋ぎに戻る。

――王族の距離感って難しいわ。

とはいえ、ぼんやりしていたのは事実なので、聞く姿勢を示すために私はルイゾン様の顔を見つめた。

「というわけで、どこに行こうか」

ルイゾン様はすぐに私の意を汲んで、話を続けた。

「質素だけど、一応どんな店でも入れる格好にしてある。市場の中だけじゃなく、通りの向こうには貴族のための店もある。宝石もドレスも売っているよ。ジュリアの希望に沿うよ」

――ほ、宝石？　ドレス？

予想した買い物とちょっと違う。

「私はどちらも必要ありませんが」

「そうか。じゃあ、家具はどうかな……有名な家具職人の店が確か向こうに」

——家具？

冗談かと思ったら、そうでもなさそうだ。

「持ち帰れないです」

我ながら真っ当なことを言う。

「運んでもらうよ？」

「住所で正体がバレるじゃないですか」

「宮殿のお使いのふりをすればいい」

家具が欲しいわけではなかった私は、頑張って切り出した。

「そうじゃなくて、私が行きたいところは」

「ん？」

「美味しいものが食べられるところです！」

そもそもルイゾン様がそう言ったからここに来たのだ。宝石もドレスももう十分すぎるほど離宮に用意されている。

「そんなに楽しみにしてくれていたのか⁉」

「だって、食べたことありませんもの」

実はひとりで街に出たこともなかった。父やミレーヌお義母様やカトリーヌは連れ立って出かけることもあったから、こんなところにも立ち寄っていたかもしれないが、私はいつも留守番だった。

「そうか。それなら寄り道しないでおこう」

ルイゾン様は、市場の隣の噴水の広場に向かって歩き出した。

「あっちに美味しいガレットがあるんだ」

「ガレット？」

たまに朝食に出るそば粉のクレープだ。

「ジャネットのも美味いが、ここはもっとカリカリでね、中の具はハムとチーズだけど、完璧な焼き具合なんだ」

「食べたいです」

「だろう？　外で食べるとまた美味しいんだ」

「あ、でも」

――気付くのが遅すぎるけど、ルイゾン様の立場だと毒味が必要なのでは。

ルイゾン様が私の考えを読んだように言った。

「もしかして毒味のことを気にしている？」

「え、あ、はい」

「大丈夫。大概の毒には慣らしているし、即死する量なら見ただけでわかる」

私は納得した。

——観察眼。

しかし、それならそれで新たな疑問が湧く。

「ルイゾン様、さっきから私のことわかりすぎじゃないですか？　念のためお聞きしますが、考えが読める能力はありませんよね？」

「そんなものはないよ。君がわかりやすいんだ」

即答された。だけど、それはそれで納得してしまう。

「そうかもしれません。私、かなりルイゾン様に心を開いていますから」

最初の緊張はどこに行ったのか、いつの間にかルイゾン様に気持ちを許しまくっている私がいる。わかりやすいのも当然だ。

ルイゾン様は立ち止まって私をジッと見つめて、諦めたようにちょっと笑った。

「……そういうところだと思う」

「え？　なにがですか？」

「いや、なんでもない。それよりも君にも毒味が必要じゃないか？　私と一緒の時はいいけど、この間みたいにひとりで出かける時は」

「しばらくはどこのお茶会も出ませんから大丈夫です」

ルイゾン様は考え込むように黙り込んだ。そして呟く。

「……まあ、そのことはおいおい考えようか」

「はい」

「もうすぐお店だから、私のことはルイとでも呼んでくれ。君のことはそうだな……リアで」

「わかりました」

名前だけ変えてもルイゾン様の高貴さは隠せないと思った私だったが、ルイゾン様は気にせず屋台のカウンターに顔を突っ込んだ。

「ガレット、ふたつ」

大きい声で注文すると、店主の嬉しそうな返事が聞こえる。

「おや、ルイ、久しぶりだね！」

——常連さんですか⁉

ルイゾン様は屈託ない笑顔で答えた。

「仕事が忙しくってね。やっと、この店のガレットが食べられるよ。ここのじゃないと元気が出ないんだ」

店主は嬉しそうにガレットを紙に包んだものをふたつ差し出す。

「そりゃそうさ！　はい、これ」

ルイゾン様は近くの棚から、慣れたように林檎の発泡酒の瓶を二本取り、ポケットから小銭を出して、数えずにカウンターに置いた。

「シードルももらうよ、お金はここに」

「あいよ！　毎度」

流れるようなやり取りで、あっという間にルイゾン様はガレットふたつと瓶に入ったシードルを手にしている。

「噴水の横にベンチがあった。リア、座ろう」

言われるがまま横を歩いた。ベンチはすぐそこだ。

まだ午前中だからか、休憩する人は少なかった。

ルイゾン様にハンカチを敷いてもらった私は遠慮なくベンチに座り、ガレットに齧りつく。

カリカリの生地に熱々のチーズとハムがとろける。

「美味しい！」

「だろう？　そこにシードルを合わせると、最高なんだ」

私はルイゾン様の真似をして急いでシードルを飲む。心地よい泡が喉を通る。

「最高ですね！」

あっという間に食べ終わって、私はベンチに座ったまま空を眺めた。風が心地いい。

通り過ぎる人は、ルイゾン様の美貌を二度見することはあっても、私に目を留めることはない。

――誰も私を見ない。

ルイゾン様がすぐに私の変化に気付く。

「どうした?」

迷ったが素直に口にした。どうせバレるのだ。

「髪色が違うだけでこんなに気楽なんだなあって思っていたんです」

「ああ、そうか。最初の時は私もそう思った」

最初とは、と聞く前に答えられた。

「十歳くらいからこっそり抜け出していたよ。その時はクララがいなかったら、髪の染め具合はまだまだ下手だったけど、ムラになった金髪まじりの茶髪を帽子で隠して出ていた」

「まさか、おひとりじゃないですよね?」

「さすがにそれは難しいね。マキシムが協力してくれた」

どこかで聞いたような名前だ。私が思い出す前に、ルイゾン様が言う。

「ロンサール伯爵家に最初に使いとして向かってくれた男だよ」

体格のいい年配の使者が目に浮かんだ。

――マルスラン様!

「ずっと私の護衛だったんだ。今は一線を退いて、後進を育成している。怒ると怖いんだ」

私は思わず笑った。そして慌てて謝る。

「あ、すみません」

「なにが」

「笑うだなんて」

「いいよ。ジュリアにはできるだけ笑ってほしい。笑顔が似合う」

——甘酸っぱさの演出がすごい！

私は動悸が激しくなりそうなのをなんとか抑えた。すると、ルイゾン様は思い出したように付け足す。

「そうだ、近々また魔獣討伐に行かなくてはならないんだ」

「まあ、それは大変ですね」

深刻な内容に動悸が治まった。

「正直、君がいてくれるおかげで、今回は安心して出発できる」

責任の重大さに別の動悸がしそうだった。

「ですが、私、ルイゾン様の代わりは自信ありません」

情けないことを口走る。

ルイゾン様はオレンジ色の髪をかき上げて、私をジッと見た。

「王子たちにとって君がいることが重要なんだ。私の代わりじゃなくていい」

——そんな風に思ってくれていたなんて。

今度は嬉しさで頬が熱くなる。

ルイゾン様は、食べ終わったガレットの包み紙をさりげなく私の分までポケットに入れながら、呟いた。

「我が国は、閉ざされた小さな国だ」

青い瞳が切なそうに細められる。

「北も南も、東も、西も、険しい山に囲まれていている」

私は黙って話を聞いていた。

「その山から時折、魔獣が下りてきて人を襲う」

ルイゾン様は、私の方を向いて続ける。

「だけどジュリア、山に魔獣が出没するからこそ、他国はなかなか我が国に攻め入れない。ある意味、魔獣がこの国を守ってくれているとも言えるんだ」

なるほど、と私は頷いた。

「問題は、その魔獣が辺境の村の住人を襲うことですね」

「そうだな。なんとか山に留まっていてくれたら、国防という意味ではありがたい」

「魔獣を山から下ろさない方法があればいいのに……」

なにか考えたい。

——お飾りでも王妃なのに。

もどかしさを感じる私の隣で、ルイゾン様も考え込むような声を出した。

「いろんな案を出したんだが、どれもダメだった。柵などは魔獣の力の前では無意味だ――だから、私たちの祖先は持って生まれた魔力を発達させた。発揮できやすいように髪色がそれに合わせて変わっていった。そんな気がする」

「……それならなおのこと、髪色についての認識を変える政策を通すのは難しいのではないでしょうか」

「批判か？」

「いいえ、難しくてもルイゾン様ならやり遂げると信じています」

ルイゾン様はちょっと笑う。

「政策よりも先に、人々の感覚が変わってきていると思うよ。クララやシャルルのように自分の髪色と属性魔法にズレを感じる人も多く現れている」

「あ……」

「だからこそ髪色にいつまでもこだわっているのは損失だと思うんだ。それに、今までがそうだからといってこれからも魔力が備わっているとは限らない。王子たちのように」

ルイゾン様は青い瞳を同じくらい青い空に向けた。

「王子たちに魔力がないのは啓示だと思ったんだ。ただの親馬鹿かもしれないが」

「いいえ、私もそう思います。魔力があってもなくても、王子殿下たちは王子殿下たちですものね。……ルイゾン様」

「なんだ？」

「王子殿下たちにお土産を買って、帰りません？」

「まだガレットしか食べていないのに？」

「おふたりに会いたくなりました」

そして、いつかここに連れてきてあげたいと思った。今度は四人で。

「わかった。じゃあ、子ども用品の店に行こう」

はい、と私は微笑んだ。


子ども用品を扱う店で、王子殿下たちに今流行しているボールをひとつずつ買った。

皮を丸くして縫って、中に馬の毛を入れて弾力をつけているボールだ。明日の魔法の練習の前に、これで遊ぼうと私は考える。

荷物はすべてルイゾン様が持ってくれた。また手を繋いで馬車まで向かう。

「ジュリア」

ルイゾン様が歩きながら、前を向いたまま言った。

「はい」

「元王妃のことを話していいかな？」

「シャルロット様ですね。もちろんどうぞ」

「彼女との結婚生活で後悔していることは、まだまだ時間があると私が驕っていたことだ。だから、君との時間は無駄にしたくない」

どういう意味かと私が瞬きを繰り返していると、ルイゾン様は付け足した。

「君のことを、もっと知りたい」

——ああ、継母として。

納得した私は、唇をきゅっと結んで頷いた。ルイゾン様は継母としての私をそこまで見込んでくださっている。

——黒髪とか関係なく、私自身を。

感謝の気持ちを込めて、私はしっかりと答えた。

「承知しました。いつでもなんでもお聞きください」

「絶対違う風に捉えている……」

「え？」

「いや、なんでもない。君の方はなにか要望はないか」

私はしばらく考えてからルイゾン様に言う。

「差し出がましいかもしれませんが、いつか必要な時が来たら、シャルロット様のことをおふたりに話してくださいね。私に気を遣わずに」

「なぜ？」

「自分の本当の母親のことは誰でも気になるものです。私もそうでした」

「わかった。心がけておく」

「あと、もしよかったら……シャルロット様の肖像画があれば拝見したいのですが」

なんとなくお顔を知っておきたかった。

「本宮殿にあるはずだ。フロランスに言っておくから自由に見ていい」

「ありがとうございます」

そこからは、なぜかお互い黙ってしまい、会話もせずに馬車まで歩いた。

ただ、繋いだ手はそのままで、いつの間にかそれに慣れている自分に気付く。

——ああ、でも、ルイゾン様は討伐に行っちゃうんだわ。

夜なると一日のいろんなことを報告し合っているのだが、それも当分ないのだ。

「さあ、どうぞ」

そんなことを考えていた私は、馬車に乗り込む時にぽろりと呟いた。

「ルイゾン様がいない間、寂しいです」

「えっ」

「早く帰ってきてくださいね」

「……不意打ちだよ」

「なにがですか？」

「いや、なんでもない。ありがとう……ああ、髪色が戻ってしまうな。急ごうジュリア」

「はい」

疲れているのか、ルイゾン様は馬車の中で無言だった。私も特になにも話さず、窓の外の流れる景色を眺めていた。

そんな時間も心地よかった。

髪色は、離宮に戻るとすぐに戻った。

後から思い出しても、夢のような数時間だった。


そして、あっという間にルイゾン様が辺境に出立する日になった。

大がかりな出立式も行われるが、離宮の前で私たちだけがまず見送る。

「いってくる、ジュリア」

今日のルイゾン様はいつになく勇ましい討伐用の格好だ。

「父上！　おかえりをおまちしております」

「父上、ぶじのおかえりを！」

ルイゾン様はロベール様とマルセル様に頷き返してから、私に言う。

「『橋渡りの儀式』には十分間に合うように帰ってくるから、ふたりを頼む」

「かしこまりました」

寂しさで胸がいっぱいの私は、言葉があまり出ない。

ルイゾン様もそれ以上は私に声をかけず、おふたりに向き直った。

「ロベールとマルセルは、母上のことを頼む。母上の言うことをよく聞くんだぞ」

「わかりました」

「まかせてください」

王子殿下たちは力強い口調で答えた。


ルイゾン様が討伐に出た数日後、私はフロランスに頼んで、シャルロット様の肖像画を見せてもらった。

「こちらでございます。私は隣の部屋にいますので、ごゆっくりどうぞ」

歴代の王や王妃の肖像画が集められた部屋はとても豪華だったが、めったに人が訪れないそうだ。金の額縁に入った大小様々な肖像画が、シャンデリアの複雑な明かりに照らされている。

シャルロット様の肖像画はすぐに見つかった。

とても美しい、赤毛の女性。

まだ、とても若い。今の私より年下なのだ。

「ご挨拶が遅くなって申し訳ありません」

絵はなにも言わないが、私は続ける。

「至りませんが、一生懸命頑張りますのでなにとぞよろしくお願いします」

燃えるような赤毛と、抜けるような白い肌。勝気そうな瞳も赤く、ふと、誰かを思い出した。

――あ、そうか。メリザンド嬢。

「ご親戚ですものね」

そう呟いた私は他の肖像画も見て回った。

赤い髪、金髪、茶髪、いろいろな人がいる。

自分がここに立って彼らを眺めていることが不思議に思えた時、偶然それを見つけた。

「これ、もしかして、ルイゾン様?」

先代の王妃殿下の肖像画の横に、今のロベール様とマルセル様と同じくらいの年齢のルイゾン様がいた。

私は小さく笑う。

「まったく子どもらしいお顔じゃないわ」

絵の中のルイゾン様は不貞腐れたように立っていた。

――このルイゾン様と小さい頃の私が一緒にかくれんぼしたらどうなっていたかしら。

ありえないはずの話なのに、その様子がとても容易に想像できて、私はもう一度微笑んだ。

‡

一方。

ロンサール伯爵家では、カトリーヌが父に厳しく叱責されていた。

「カトリーヌ、この恥知らず！　いいか、二度と余計なことはするな！　お前は外出禁止だ！」

「お父様！　そんな！」

母であるミレーヌも横でため息をついている。

「お願いよ、カトリーヌ。大人しくしてちょうだい。なぜジュリアにソワの粉末なんて飲ませようとしたの。昔とは違うのよ。わきまえなさい」

「お母様まで！　ひどいわ！」

ミレーヌは眉間の皺を深くする。

「……これだけ言ってもわからないのね。お父様の言う通り、外出禁止よ」

「お母様もお父様も、メリザンド様とお話しなさって！　メリザンド様ならわかってくださるはずよ！　私は悪くないって！」

しかし、父は深いため息をついて言った。

「……バルニエ公爵家からは、招待したお茶会で勝手な真似をしたこと許さないとお叱りの言葉があったよ。メリザンド様の取りなしでそれで済んだらしいが、これきり連絡しないでほしいとのことだ」

「……そんな……メリザンド様」

「しっかり反省しろ」

父も母はそう言い残して、カトリーヌの部屋を出た。外から鍵をかける音がする。

「ジュリアのせいよ……絶対に許さないんだから……」

カトリーヌはひとりの部屋でそう呟いた。

‡

同じ頃。

「本当に使えなかったわね、あの女」

バルニエ公爵家のサロンでメリザンドは、父であるブリアックにそう呟いた。

娘と同じように燃えるような赤毛を持つブリアックは、太った体を揺らして笑った。

「まあ、そう言うな。あの黒髪継母の実家に恥をかかせただけで十分だ。兄貴もお前を後妻にと推している。時間の問題だよ」

ブリアックの兄は、前王妃シャルロットの父だ。

この弟は兄の意向を汲めばいいと思っている。

だが、メリザンドはそれには頷けなかった。それでは伯父の気が変われば終わりだ。なんとしてでもルイゾンと結婚したかった。シャルルを見返すためにも。

「あの黒髪継母を引きずり落とす方法があればいいのに」

娘の様子を頼もしく見ていたブリアックは、思い出したように言った。

「そういえば、おもしろいことを聞いたんだが」

「なによ」

「黒髪継母にやめさせられたアガッドという女が、赤毛の伝手を辿ってうちに来たんだ」

赤毛というだけで頼られても困るのだが、今回に限っては興味深い。

「その女がなにかおもしろいことを話したの？」

先を促すと、ブリアックは笑った。

「銀髪なだけでなく、王子殿下たちはまったく魔法が使えないらしい。属性もなしだ」

メリザンドは驚いた。王子殿下たちが銀髪であることは伯父から聞いていたが、魔力がないとは知らなかったのだ。

「でもルイゾン様はそんなことまったく公表していないわ」

「さすがに言えないいんじゃないか」

「確か、あの黒髪継母も魔力がないらしいわよね……」

カトリーヌが言っていたから間違いないだろう。

メリザンドはやっと解決の糸口を見つけた気がした。

そうか、そういうことか。

――もうすぐ『橋渡りの儀式』だったわよね。

「ねえ、お父様」

メリザンドは一層艶やかに笑った。

「いっそ両方、消しちゃうのはどうかしら」

「両方？」

ブリアックは首を傾げる。

「黒髪継母も銀髪王子たちもよ」

「それはいいが、どうやって？」

「橋についておもしろい情報を手に入れたのよ。試してみる価値はあるわ。ついでにあのピンクブロンドにも自滅してもらいましょう」

メリザンドは罪悪感のかけらもない声で言った。

7、橋渡りの儀式

ルイゾン様が辺境に行ってからも、しばらくは同じ日々が続いた。

王子殿下たちの魔力の訓練に、ペルルの研究。

「母上、これ、どうですか？」

ロベール様の言葉に、私は頷く。

「いいですね」

ロベール様とマルセル様は、今日も中庭で魔力の練習に励んでいた。ロベール様は着々と風魔法を身につけている。

「ロベール様、もう少しだけ後ろに体を傾けてみましょう」

「はい！」

魔力自体はそれほど多くないが、最初のことを思えば十分だ。

マルセル様も負けていない。

「らふぃ！　らふぃ！」

「いいですよ、マルセル様！　形が身についてきました」

基本姿勢の習得という地味な練習に励んでいる。褒めずにいられない。

「おふたりともよく頑張りました！」

「がんばったねー！」

「よくやったねー！」

ラナに汗を拭いてもらうおふたりは、いい顔でお互いをいたわり合う。

それだけで胸がギュッとなる。かわいい。毎日かわいい。

「ジャネットの林檎ジュースを飲んだら、温室に付き合ってくれますか？」

練習の後、王子殿下たちに温室に寄ってもらうのが習慣になっていた。

「おんしつ、いきます！」

「わたしも！」

おふたりは順調だったが、私のペルルの研究はまったく進んでいなかった。


そして訪れた温室の魔草の前で、私は思わず呟く。

「……魔力の固定ができないのよねえ」

おふたりは、お気に入りの花を見にいっているところだ。

魔草自体はすくすくと育っているが、どうやっても固定できないのだ。

「ペルルを活用することを思いついたまではよかったんだけど」

温めたり冷やしたり、薬草を使ったりと、いろいろ試みたがどれも無駄だった。ペルルはふわりとシャボン玉のように浮かんで弾ける。

今日の記録を取りながら、私はふと思い出した。

——そういえばペルルの仮説をルイゾン様に話すのを忘れているわ。

バシュレー子爵に相談して、その後話そうと思っていたのだが、ロベール様の魔力が発動したこともあってすっかり忘れていた。

「討伐から戻ったら話さなきゃね」

話したいことがいっぱいある。

——早く戻ってくればいいのに。

そう考えて、私は慌てて首を横に振る。

——ルイゾン様は魔獣の討伐に行ってらっしゃるのよ。

「そう、魔獣よ。問題はそこにもあるわ」

なぜか熱くなった頬を押さえながら、私は再び呟く。

「王妃として、なにか提案できたらいいのに」

とはいっても、山に魔獣を引き止める方法がそう簡単に浮かぶわけがない。

——でも、魔獣が多いところでは魔草も多いらしいのよね。

危険すぎて調べにはいけないが、そういう報告は何件か目にしていた。

——なにか関連性があるのかしら。

私は目の前の魔草の鉢たちを眺めて考える。

「……魔獣って、確か、魔力を必要として暴れるのよね」

魔力は魔獣にとって必要なものなのだろう。人間で言うと食べ物のようなものだろうか。それとも空気？　水？

「魔獣のために魔力を固定したペルルをたくさん作ったら、人里に下りるのを阻止できるんじゃないかしら……」

試してみる価値はある。でも、問題は。

「だから、その魔力を固定するのが難しいのよ……」

堂々巡りだ。仕方ないので、目の前の魔草にどんどん魔力を吸わせる。魔力過多も防がねばならない。けれど、出てきたペルルはどれもすぐに壊れてしまう。

そこに温室をひと巡りした王子殿下たちが現れた。

「母上、なにしているんですか？」

「あ、ぺるるをふくらませている！　わたしもやりたい！」

「わたしも！」

私は微笑んで、魔草の鉢を差し出した。

「ゆっくりね」

まずはロベール様が手をかざすが、ペルルはほとんど大きくならない。

「あれえ?」

「さっき魔力をたくさん使ったからですよ」

小さな小さなかわいいペルルが、魔草の葉の上にころんと転がっていた。

「ぺるる、消えないね」

マルセル様がそれを珍しそうに見て言う。

「そうですね。ペルルは吸い取った魔力がいっぱいになったり触れたりすると、弾けて消えちゃうので……え?」

あんなに固定できずに悩んでいたペルルが、消えずにマルセル様の手の中にあった。

「消えないよ?」

マルセル様は、ロベール様の作った小さなペルルを手でつまんでそう笑う。

——控えめに言って……大発見じゃない?

ペルルの活用についても、マルセル様にとっても。

私は胸の高まりを抑えながら、マルセル様に提案した。

「マルセル様、こちらのペルルもつまんでくださいますか?」

「こうですか?」

「はい……とってもお上手です。ではこちらも」

「できました!」

ペルルはいとも簡単にマルセル様の手のひらの上に転がる。

「ロベール様もやってみますか？」

「はい！」

試しにロベール様にも同じことを試してもらったが、マルセル様のようにはいかなかった。

「ぺるる、さわれません」

もちろん、私が触ろうとしてもペルルは壊れる。

そんなことを何度か繰り返し、私はペルルをつまむのはマルセル様にしかできないことだと確信した。

それでいて、マルセル様に魔力はないのだ。

――これがもしかして銀髪の特殊能力？

魔力を使えない代わりに、魔力を固定できるのだろうか。

――双子だからって、同じ能力が出るわけじゃないのかもしれない。

そう仮定した私は、このことは秘密にしようと三人で誓い合った。

「ルイゾン様が帰ってきたら、お話ししましょう。それまでは誰にも言わないように」

「わかった！」

「ひみつ、まもる」

ルイゾン様の帰りが今まで以上に待ち遠しかった。

――やっぱり、お会いしたいわ。いろんなこと、話したい。

あの青い瞳でジッと見つめられながら、王子殿下たちのことを聞いてもらいたい。

――とりあえず、今の私にできることをしなくちゃね。

人知れず私は決意した。


温室を訪れるたび、私はいろんな大きさのペルルを作ってマルセル様につまんでもらった。

試行錯誤の末、マルセル様の親指の爪ほどの大きさのペルルが一番つまみやすいことがわかった。小さすぎるとこぼれ落ちるし、大きすぎるとマルセル様のかわいらしい指でも弾けさせてしまうのだ。

「母上！　みてください！」

嬉しそうに手のひらでペルルを転がすマルセル様は、薔薇色の頬を輝かせて笑っている。

「今度から記録を取っていきましょう。マルセル様」

微笑みを返しながら、私は言った。

「きろく？」

「最初は私が手伝います。どうですか？」

「やってみる！」

記録が役に立とうが立たまいが、マルセル様が夢中になっていることが嬉しかった。

けれど、私はうっかりしていた。

ペルルが小さいということは、私が吸わせる魔力も少量だということ。

——夢中になると魔力過多のことを忘れてしまうのが、私の悪いくせだ。

その夜、今までにない悪夢と実現してほしくない予知夢を、久しぶりに見た。

これに比べたら、まずいお茶なんてかわいいものだ。


最初に見る悪夢も、悪夢とわかっていながら史上最悪だった。

成長した双子王子たちが、お互い疑心暗鬼になって敵対したため国が二分する夢だ。

しかも、それを企てたのは継母である私だった。

私があることないことを吹き込み、お互いを信じられないように仕向けたのだ。双子王子たちは誤解で憎しみ合い、命を狙い合う。最終的に私のせいだと気付き断罪するが時すでに遅く、王子のどちらかが相手を殺し、王国中が魔物に襲われ最終的に国そのものが滅亡する。

「……最悪じゃない」

目が覚めた私は思わず呟いた。部屋の中はまだ暗い。

ベッドの端にルイゾン様の姿を無意識に探して、寂しくなる。

——早く、帰ってきてほしいな。

そしてすぐにそれを打ち消す。

「なに考えているの。ただの悪夢くらいで……大丈夫……」

これまでも散々悪夢を見てきたのに、今はひとりでいることが心細かった。切り替えるように、頭まですっぽり夜具をかける。

――私はおふたりを誤解させたりしない。おふたりもお互い憎み合ったりしない。大丈夫。

自分にそう言い聞かせて、私は無理やり目を瞑った。

すると今度は、はっきり予知とわかる夢を見た。

『橋渡りの儀式』で、双子王子殿下がまだ橋の中にいるのに、こともあろうか私がその橋を崩す夢だ。

橋脚のとある石を壊せば、橋全体が崩れるようになっているのだが、ドレスを着た女性がその石を壊す後ろ姿が見えたのだ。

――私……？

顔はわからなかったが、その女性が黒髪をなびかせて王子殿下たちが渡る橋を壊そうとしていたのは確かだ。私以外、あんな髪の令嬢はこの国にいない。

「嘘でしょ……」

目を覚ました私はその後一睡もできず、朝を迎える。

「おはようございます、母上」

「おはようございます！」

食堂に行くと、いつものようにロベール様とマルセル様が笑いかけてくれた。

――こんなにかわいいおふたりを私が？

どうしても夢のことを考えてしまい、上手に笑顔が作れない。

「母上、どうしたんですか！」

「お顔のいろがわるいです」

おふたりに心配をかけてしまい、私は慌てて取り繕った。

「なんでもない……なんでもありませんよ」

いつもの場所に着席して、ジャネットの朝食を待つ。

だけど、おふたりはずっと私を気にかけてくれた。

「どこか痛いですか？」

「もういちど、ねますか？」

王子殿下たちだけじゃなく、使用人の皆もだ。

「王妃様、どうぞご無理せず」

「お部屋に朝食をお持ちしましょうか」

皆の優しさを感じれば感じるほど、もしも予知が現実になったらと思って胸が苦しかった。

私はなんとか笑顔を作る。

「ごめんなさい……体調が悪いみたいね。もう一度横になってくるわ」

「母上……おだいじに」

「母上……おやすみなさい」

「ありがとう」

上目遣いで一生懸命見つめてくれるおふたりに小さくお礼を言って、寝室に戻った。

──しっかりしなきゃ。継母とはいえ母親なのに、おふたりに気を遣わせてどうするの！

ベッドに横になったまま、私は自分の黒髪をひと房手に取った。本当にあんなことを私が？

なぜ？

弱気な考えを振り切るように、私は大きく息を吐いた。

──大丈夫。なんとかなるはずよ。

「いいえ……なんとかしてみせる」

そう呟いた私は再び起き上がり、食堂に戻った。

「母上！　おげんきになったのですか！」

「パンケーキ、たべますか？」

まだ食事を終えていなかった王子殿下たちが、目を輝かせて声をかけてくれる。

「ええ。元気になったらお腹ぺこぺこ」

私は何事もなかったように、もう一度食事の席に着いた。

王子殿下たちに気を遣わせたことを反省した私は、その後はいつも通りの日常を送るように努力した。

予知を変えるためにはおふたりと離れた方がいいのかと考えたが、結論を出すのはまだ早い。ルイゾン様もいない今は私がそばにいるべきだ。そう思い直して今まで以上に、王子殿下たちの身の安全を第一に考えながら生活をした。

あれ以来眠るのが怖くなったが、それくらいは仕方ないことだ。魔力過多に気を付けていたせいか、悪夢と予知は見ないで済んだ。

あえて魔力過多になって予知夢を見直すべきかとも考えたが、同じ結果が出るのを恐れてできなかった。

王子殿下たちを失うことを考えると怖くて仕方なかったが、絶対にそれを表に出さないようにした。おふたりはなにも知らずに過ごしてほしい。

そしてようやく——二カ月の遠征を終え、ルイゾン様が戻ってきた。

戻ってきたルイゾン様と話ができたのは、数日後だった。

私はいつもの寝室でふたりになるや否や、すべてを打ち明けた。話せる人はルイゾン様しかいないのだ。

「マルセルがペルルを？　そして君が予知？」

さすがのルイゾン様も驚いたようだった。

「君の特殊能力は予知だったのか」

「黙っていてすみません」

「いや、謝ることはない。言わなくていいと言ったのは私だ」

ガウンを羽織ったルイゾン様は、私の向かい側のソファで考え込むように腕を組んだ。遠征で日焼けしたルイゾン様は逞しい雰囲気が増している。

——私を王子殿下たちから遠ざけるかしら。やっぱりそれが一番よね。

覚悟を決めて向かい合っていると、ルイゾン様は突然立ち上がった。

「ジュリア、隣に座っても？」

「え？　ええ」

なぜかソファの私の隣に移動したと思ったら、ルイゾン様は手を伸ばして私の頭を撫でた。

黒髪を梳くように、上から下に。

私は目を丸くして、ルイゾン様を見つめる。

すぐそこに、ルイゾン様の青い瞳があった。

「……ひとりで抱えさせてすまない。よく頑張った」

優しい声と大きな手の感触。

——もうダメだった。

いろいろな気持ちが爆発した私は、こともあろうに国王陛下の肩に頭を乗せて思い切り泣いてしまった。

「こ、怖かったんです……ずっと……怖かった！　早く帰ってきてほしかった！」

ルイゾン様の大きな手が私の背中に回された。ガウンの生地を直接頬に感じながら、私はそのまま動けない。

「遅くなってすまない」

その声はいつもと違って、近くに聞こえた。

「……いいえ」

私はなんとか落ち着こうとしたが、ルイゾン様がそうさせなかった。私の背中に回した手に、ぐっと力がこもる。

「離さない」

「……え」

「気にせず泣けばいい」

「そん……こと……言ったら……余計……」

ルイゾン様が優しすぎて、私はなかなか泣きやめなかった。

人前でそんなに泣いたのは初めてだった。泣く時は、いつもひとりだったから。

「一緒に考えよう。予知は変えられるんだろう」

私の涙が収まったのを見計らって、ルイゾン様が落ち着いた声で問いかける。恥ずかしくて顔を上げられない私はそのままの姿勢で答えた。

「はい。変えられると思います……まずい……お茶会の時も変えられました……」

「あれも予知していたのか！」

声には出さず頷くと、ルイゾン様が呟いた。

「君の謙虚さには感心するよ……」

「いいえ、そんな、すみません」

「謝らなくていい。もっと自慢していいんだ」

「黒髪なのに、自慢なんて……」

私が本心から言うと、ルイゾン様も本気の声を出してくれた。

「髪色なんて関係ない。それはきっと人を救える能力だ」

――そんなこと、生まれて初めて言われた。

私は涙をこらえるのに必死になる。だけど、結局はまた泣いてしまった。

涙が止まるまで、ルイゾン様はずっと私を支えていた。

「あの……橋は本当に壊れるんですか？」

やっと落ち着いた私はルイゾン様が差し出してくれたハンカチを受け取りながら、恐る恐る質問した。

「ああ。だからこそ予知能力が本物だと確信したんだが、本当にそういう石——要石と呼ばれるものがある」

やっぱり、と思うと同時に聞かずにはいられなかった。

「なんのためにあるんですか？」

「まあ、一般的に言えば敵が渡らないように壊すためなんだろうけど、隠し扉や隠し部屋同様に、そういう特殊な仕掛けが好きな人が先祖にいたんじゃないかな。多分、同じ職人の一族に作らせたんだ」

「迷惑……」

「確かに」

ふたりでちょっと笑った。

瞼の腫れを感じながらもいつもの調子を取り戻せた私は、思いつくまま口にする。

「私が儀式に参加しなければいいのかなと思ったんですが、それだとなにかあった時に対処できませんし……」

そもそも『橋渡しの儀式』で王子殿下たちの身に危険が及ぶかもしれないから、継母に抜擢されたのだ。そばにいなければ意味がないのではないだろうか。

ルイゾン様が少し考えてから提案する。

「じゃあ、こうしよう。王妃が王子の手を引いて橋の近くまで行くしきたりなのだが、それをかなり手前で終わらせよう」

「そんなことできるのですか？」

「私は橋の向こう側で待っていなくてはいけないのだが、それくらいの変更はできる。要石に近付かなければいいんだ」

「そうですね……目視さえできれば、私もなにかあった時に魔法が使えます」

「頼もしいな」

ルイゾン様は付け足した。

「そういえば、私も遠征中、考えていたことがあったんだ」

「なんですか？」

「『橋渡りの儀式』の時、王子たちの髪色を染めるのをやめようと思う」

「すると……銀髪のままで？」

思わず念を押す。

「生まれた時は金髪だったから染めた方がいいかと思っていたんだが、君と暮らすようになってから、何色でもいいとさらに思うようになったんだ」

「私の悪影響ですか？」

「悪い影響じゃない。いい影響だ」

「……嬉しいです」

私の言ったことをルイゾン様がちゃんと受け止めてくれたことが本当に嬉しかった。


そして儀式の日になった。

『橋渡りの儀式』に使われる橋は、王都から少し離れた山岳地帯にある。

馬車で一日ほどの距離なのだが、荒涼としているためわざわざ出向く人がいないような場所らしい。この儀式のための休憩所や宿泊施設を途中に作っているのだが、普段使われることはないのでお世辞にも豪華とは言えなかった。宮殿の使用人たちが有能だったおかげで、王子殿下たちが不自由することはなかったのは幸いだった。

ルイゾン様と同じ馬車に乗った私は、道中ずっとたわいもない話をしていた。

「こんなところ来たことありません」

窓からは見渡す限りの荒地が見える。

「儀式がなければ、まず誰も行かないと思うよ。なぜあんなところに橋を作ったのか我が先祖ながら理解に苦しむね」

「やはり、王族の方が作ったのですか？」

「作らせたのは間違いないだろう」

——自分で作らせて『天使が作った橋』と呼ばせている？

「こんなこと言ったら失礼だと思うのですが、本当に歴代の国王陛下、変わっていますよね」

「私も思う」

――やっぱり思うんだ。

「魔獣は出ないのですか？」

ルイゾン様は遠くを見るように目を細めた。

「冬に活動する真っ白な熊のような魔獣はいる。だからその前に行わなければいけない儀式なんだ」

なるほど。そんなものがいるからこの地は発展しないのだろう。

「その魔獣が王都に来たりは……」

「暑さに弱い種類じゃないかな。雪山でしか見たことない」

「魔獣にもいろいろいるんですね」

――いずれ魔獣の研究もしたいわ。

すると、ルイゾン様が訝しげな視線を寄越した。

「なにか不穏なこと考えていない？」

「え？　むしろ真面目なことですけど」

「だったらいいが、どうかな」

そんなことを話しているうちに、儀式の橋がある山の近くに着いた。

「ここが儀式をする山だ」

ふもとに馬車を置いていくので、ここからは徒歩になる。山はいくつにも連なっており標高が高いものも見受けられるが、私たちが今から向かうのは一番手前のそれほど高くない山だ。その渓谷に、屋根付きの橋がかかっている。

「母上！」

「おまたせしましたっ！」

別の馬車に乗っていた王子殿下たちが、飛びつくように現れた。

「ロベール様、マルセル様、馬車はどうでした？」

休憩を挟んだとはいえ、こんなに長時間馬車に乗ったことはなかっただろうに、おふたりとも平気な顔をしている。

「たのしかったです！」

「ロベールはねてました」

「マルセルもちょっとねてました！」

「ふふふ。その方がいいわ。ずっと揺られているのも疲れますからね」

「はい！」

「すぐにつきました！」

「よし、じゃあ行こうか」

ルイゾン様がそう声をかけ、四人で歩き始める。先頭はルイゾン様で、私は王子殿下たちの間に挟まる形だ。

「いち、に！」

「さん、し！」

しっかり手を振って、号令をかけながら歩くおふたりがかわいらしい。動きやすいように、今日はおふたりとも乗馬服のような軽装だった。

そういう私も歩きやすい青のワンピースだ。橋の近くに到着したらちゃんとしたドレスに着替えることになっている。そのままでもいいと思うのだけど、そういうわけにはいかないらしい。いろいろと大変だ。

とはいえ、どんなに軽装でも息が切れる道だった。儀式に先駆けて、木や草を刈って歩きやすくしてくれているはずなのに山道は甘くない。

「ロベール様、マルセル様、大丈夫ですか？」

「へいきです」

「だいじょうぶです」

なにもかも初めてのおふたりが心配でついそう聞いてしまうが、明るい声が返ってきた。

――さすがだわ。

その会話を聞いていたのか、少し先を歩いていたルイゾン様が振り返る。

「疲れたら私が運んであげるよ。ジュリア」

「私だけですか？」

「ロベールとマルセルは歩けるだろう？」

ルイゾン様にそう言われたおふたりは、嬉しそうに答えた。

「はい！　だいじょうぶです」

「あるけます！」

私も負けじと言う。

「私だって、頑張りますよ」

「それは残念だ」

ルイゾン様のそんな冗談を聞いているうちに、なんとか目的地にたどり着いた。

間近に見ると、橋は思った以上に深い渓谷に架けられていた。渓谷の全容は、鬱蒼と茂った木に阻まれて見通せない。

「この下は川なんですか？」

ルイゾン様は首を横に振った。

「木や草が生えているんだ。水は流れていない」

「自然が溢れていますね」

そんな中、橋だけが異様な存在感を放っている。

聞いていた通り、古くて暗くて揺れそうであまり渡りたくはない。

「あちらになにがあるわけでもないんですよね？」

私は橋の向こう側を指して聞いた。ルイゾン様が答える。

「交通が目的で作られた橋じゃないからな。向こうに渡って、すぐに引き返す。この儀式のために存在するんだ」

「……そういうものですか」

やはり、偉い人たちのすることはわからない。

「王妃殿下、どうぞこちらで休んでください」

声をかけられたので振り向くと、護衛騎士たちが幕屋を作ってくれていた。儀式のためにそこもまた木を切って整備されるそうだ。

儀式を見届ける大神官様が、すでに中に入って休憩していた。

「ありがとう。だけど、先に着替えてきます」

「かしこまりました」

「陛下、そろそろお時間です」

別の騎士がルイゾン様に時間を告げる。ルイゾン様はひと足先に橋の向こうに渡って、おふたりを待つのだ。

「いってくる」

「お気を付けて」

ルイゾン様は私の不安を見透かしたように笑う。

「きっと、大丈夫だ」

肩の力が少し抜けて、私も笑顔で見送った。

ルイゾン様との打ち合わせの通り、私は橋のずっと手前で双子王子殿下たちと離れることになっていた。いつでも魔法を使えるように気持ちの準備をしておく。

「それでは私も着替えてきますね」

王子殿下たちにそう声をかけた。儀式用の白いドレスに着替えたら、いよいよ私の出番だ。

「はい、母上」

「まってます」

心なしか王子殿下たちも緊張している様子だった。無理もない。生まれて初めての遠出に、公式行事なのだ。

——要石に近付かなければいいんだから、大丈夫。

自分にそう言い聞かせた私は、少し奥まったところに作られた王妃の着替え用の幕屋に向かう。

そこまでしてドレスに着替える意味がわからなかったがそういう決まりなのだ。

もしかして、歴代の国王陛下が隠し扉を作るように、歴代の王妃殿下のどなたかがドレス着たさのためにわざわざ着替えを儀式に組み込んだのかもしれない。

「ここで待っていてください」

「はい」

護衛騎士たちにそう声をかけて幕屋に入る。中には着替えを手伝う女官たちがいるはずだ。

――その人たちもここまで歩いてきたのよね。

申し訳なさを感じながら私が幕屋に入った瞬間――ドン！と、肩に衝撃を感じた。

間髪入れず突き飛ばされ、手足を押さえられる。

「誰……むぐ」

叫ぼうと思ったら、口に布を突っ込まれた。

すぐ近くにいるはずの護衛騎士たちは、幕屋の中の異変にまだ気付いていないようだ。

――襲撃？　こんなに堂々と？

「お久しぶりですね、王妃殿下」

――この声は！

地面に押さえつけられている私を見下すように現れたのはアガッドだ。エプロンを身につけているところから、衣裳係のふりをして忍び込んだのだろう。

――私への恨みでこんなことを？

睨みつけていると、アガッドは私の手足を押さえつけている女性たちに指示を出す。

「さっさと縛りなさい」

「はい」

見たことのない赤毛の若い女性たちはアガッドに言われるがまま、私の両手と両足を縛った。

「できました」

「ちゃんと縛ったかい？　どれ……うん、大丈夫なようだね」

縄が緩んでいないのを確かめたアガッドは、機嫌のいい声を出す。

「それじゃあ、お茶でも飲もうか。王妃殿下のための上等のお茶やお菓子がたくさんあるからね」

くっくっくと嬉しそうに笑っているのはアガッドだけで、他のふたりは緊張を隠しきれていない様子だ。なんらかの事情で手伝わされているのかもしれない。

私は手足をそうっと動かして縄の感触を確かめる。きつく縛ってはいるが、ただの縄のようだ。

アガッドたちがお茶菓子に夢中になっている隙に、私は無詠唱で火魔法を発動させた。手首の周りに小さい炎を出して、縄に当たるように調節する。

焦げ臭い匂いが少しずつ広がっていったが、お菓子に夢中のアガッドは気付いていないようだった。

「このパンデピス、美味しい！」

——早く縄を切って、出ていかなきゃ。王子殿下たちが気になるわ。

と、アガッドと目が合ったので、私はとっさに苦しそうな表情を作る。アガッドは、満足そうに笑った。

「いい気味。本当なら豪華なドレスに着替えているはずなのにね」

言われてみれば、幕屋の中にあるはずのドレスが見当たらない。アガッドはもったいぶった口調で言う。

「ドレスはちょっとお借りしていましてね。さるお方が着るために」

——私への嫌がらせだけじゃない⁉

そう思ったのと同時に、ぱらりと縄が解けた。口の中の布を出した私は、ゆらりと立ち上がる。

「どういうこと？」

「……え？　なんで？」

アガッドたちは、滑稽なくらい目を丸くして私を見ていた。

「黒髪継母……魔力はないんじゃ」

赤毛の女性たちも怯えたような声を出して、アガッドに詰め寄る。

「アガッド様、話が違います！」

「本物の悪魔じゃないですか？」

「知らない……こんなはずじゃ……どうして」

「聞きたいのはこっちよ。アガッド、これはどういうことなの？」

私はゆっくりとアガッドに近寄った。

「ひ、ひぃ！　助けて、悪魔！」

アガッドは金切り声をあげた。それにつられるように女性たちも叫ぶ。

「悪魔よ！　黒髪継母は本当に悪魔だったんだわ！」

「だから嫌だったのよ！　あれっぽっちのお金じゃ割に合わないわ！」

アガッドが女性たちに言い返した。

「あんたたち！　よくもそんな口を！」

「おい、様子がおかしい！」

それらの声を聞いた外の護衛騎士たちが、幕屋の中に飛び込んでくる。

「失礼します！　王妃殿下、何事ですか！」

「チッ！」

入り口はひとつしかない。アガッドはその脇をすり抜けて出ていこうとした。私は素早く騎士たちに指示を出す。

「アガッドを捕まえなさい！」

「アガッド？　なぜここに？　動くな！」

アガッドの顔を知っていた様子の若い騎士が、その腕を難なく捕まえた。

「痛い！　離しとくれ！」

時間が惜しいので、私は騎士に任せて幕屋を飛び出す。

「赤毛のふたりも逃さないで！　ここは頼んだわ！」

「やめて！　私はなにも悪くない！　全部頼まれたのよ！」

「そうよ、私たちは頼まれただけよ！」

背後から言い訳が聞こえたが、王子殿下たちを捜すために私は走った。

おそらく、狙いは王子殿下たちだ。私だけを目的にするなら、宮殿の方が攫いやすい。

——目的はなに？　儀式の妨害？

そう思って辺りを見回したが、いるべきはずの場所に王子殿下たちがいない。それどころか、点在しているはずの護衛騎士も、休憩用の幕屋にいるはずの大神官様もいない。

もしかして、儀式が始まっている？

不安で胸がいっぱいになった。

——そんなわけない。だって、私はここにいる。

私不在のまま進めるわけはない。

そう思ってさらに橋に近づいた私は驚くべき光景を目にした。

顔を隠すためか、ベール付きの帽子をかぶっている女性が、長くて真っ黒な髪をなびかせて王子殿下たちの手を引いているのだ。

——誰かが私になりすましている？　予知夢はこれだったんだわ。

その時、王子殿下たちのかすかな声が私の耳に届いた。

「だれだ、おまえ」

「母上じゃない！」

殿下たちは確かにそう言って黒髪の女の手を振り解き、橋に向かって駆けていった。自分たちだけで『橋渡りの儀式』を遂行しようとしているのだ。

——だけど、それでは女の目論見通りだ。

女は王子殿下たちを追いかけず、橋脚に近付く。

——止めなくては！

「待ちなさい！」

私は女に駆け寄ろうとしたが、どこからか現れた騎士たちに止められる。

「誰だ！　近寄るな！」

彼らは一連の出来事を、儀式に則った行動だと思っているのだ。私は叫ぶ。

「離しなさい！　王子殿下たちが危険なんです！」

「なにを言う！　お前は誰だ！」

私はためらいなく答えた。

「私はあの子たちの母親です！」

騎士たちの動きが止まる。

「え？　その黒髪……確かに……？」

「でも、王妃殿下はあそこに。それにドレスが」

「あれは偽物です！」

「そ、そんな？」

「まずは確認します。お待ちください」

態度は軟化したが、そんな悠長なことには付き合っていられない。

「予知能力のある私が危険だと言っているんです！　早く通しなさい――橋が崩れます！」

「なんだって？」

――話にならない！

「ヴォルカン（火炎）！」

私は両手のひらを空にかざして、大きな声で呪文を唱えた。

ぶわっと派手な火柱が上がる。

「わあ！」

「なんだ！」

騎士たちが怯んだ隙に前に出た。

「あ、待て！　わ、熱い！」

振り向いた私はすかさず手をかざす。

「フルーヴ！」

水が雨のように降り注いで火は消えた。騎士たちの茫然とした声が聞こえる。

「王妃殿下は魔力がないんじゃ……」

「まさか、本当に悪魔？」

なんと言われても構わない。

王子殿下たちの身の安全より大事なものなんてない。

私は懸命に走った。

だが、王子殿下たちが橋の中に入ったと同時に、女は要石に手をかける。

——やめて！

「ルイゾン様！　ルイゾン様！」

私は咄嗟に叫んだ。

しかし、橋の向こうにいるルイゾン様がこちら側の状況に気付くわけはない。

——なんとかしなきゃ。どんな魔法でもいい。

私は必死で呪文を思い返す。だけど。

女がそれに触れる方が早かった。

ぽろぽろと、橋を形作る部品が落ちていく。

少し遅れて橋自身も、膝を折るように、ゆっくりと崩れていった。

——王子殿下たちが中にいるのに！

「おい、橋が！　どうなっているんだ！」

「王子殿下たちの安全を確認しろ！　今すぐだ！」

ようやく異変に気付いた騎士たちが騒ぎ出す。

「おい！　見ろ！　あそこ！　王子殿下たちだ！」

「落ちていく！」

橋の部品と一緒に、ロベール様とマルセル様が渓谷の下に向かって落ちていくのが見えた。

騎士のひとりが絶望したような声を出す。

「もう間に合わない」

——うるさい！

彼らの存在を無視して、私は最大限集中した。

使ったことのない大きな魔法を試みる。

今できなければ、意味がない。

あのふたりが助かるのなら体が保たずに死んでもいい。

私は王子殿下たちがいる方向に両手をかざして、呪文を唱えた。

「アンスタ！」

騎士たちの諦めの声を切り裂くように、空気の層が王子殿下たちに向かって飛んだ。

――お願い、間に合って！

私は魔力をさらに出し、新たな空気の層をいくつもいくつもおふたりに向かって投げ続ける。

それらは落ちてくるおふたりの下に空気の絨毯のように積み重なり、落下を緩やかにしていく。

だけど、完全に止めることはできない。

おふたりがお互いに手を繋ぎ、なんとかしようとしているのが遠目に見えた。

ロベール様が覚えたての風魔法を発動させようとしていたが、今のロベール様では無理だ。

「リュー！」

休む間もなく私は新たな魔法を発動させる。

――空気に自分を乗せて移動する、最上級の風魔法だ。

「嘘だろ……王妃殿下」

「すごい」

騎士たちの声が遠ざかって小さくなる。移動が成功したのだ。

私の目の前に、驚きと安堵の表情を浮かべたおふたりがいた。

「もう大丈夫ですよ……よく頑張りました」

聞こえたかどうかわからないが、そう言って私はおふたりを安心させるように微笑んだ。

――よかった。この距離ならなんとかなる。

落下しながらも私は、最後の呪文を唱える。

「ジュスト！」

葉っぱや木の枝を巻き込みながら、大きな旋風がおふたりを包んでいく。

おふたりが地面に落ちる際の衝撃を防ぐ役割を果たすはずだ。

――よかった。

もう魔力は残っていなかった。私は重力に逆らわず、渓谷の地面に向かって落ちていく。

――ふたりが無事ならそれでいい。

それだけ考え、覚悟を決める。だが、硬い地面に叩きつけられるはずの私は――ガシッと暖かい衝撃を感じて目を開けた。

「……間に合った」

ルイゾン様が私を抱いて地面に降り立っている。

「……本当に無茶をする」

そう言って私を下ろした。状況を理解した私は慌てて周囲を見回す。

「ロベールは？　マルセルは？　どこ？　無事？」

「は、母上！」

「母上っ！」

すぐ近くにいたふたりは、泣きながら私に駆け寄ってきた。

「よかった……」

私は両手を広げてふたりを抱きしめる。同じようにぐしゃぐしゃに泣きながら、固く固く抱きしめてその温かで柔らかい感触を確かめる。

——よかった。本当によかった。間に合った。よかった。

もうなにも考えられない。ふたりがそこにいることだけを感じている。

「偽者は捕まえたか？」

そんな私たちを見守りながら、ルイゾン様が叫ぶ。

「はい！」

いつの間にここまで来たのか、数人の騎士たちが答えた。

「旋風に巻き込まれたのか木に引っかかって気絶していましたが、大きな外傷はなさそうです。意識を取り戻したら、尋問します」

「どこにいる？」

「こちらです」

近くに寝かされた黒髪の女性をちらりと見て、私は息を吞んだ。

――まさか、そんな。

髪こそ黒いが、私が着るはずのドレスを身につけて倒れていたのは私の異母妹――カトリーヌだった。

‡

その後、私と王子殿下たちはルイゾン様や騎士たちの手を借りて渓谷の底から脱出し、宮殿に戻った。幸い、私にも王子殿下たちにも怪我はなく、日常を問題なく過ごしている。

儀式は無効かと思ったが、一部始終を見届けた大神官様がロベールとマルセルの勇気を認めたことで、揃って正式に王太子候補となった。

捕えられたカトリーヌとアガッドは妨害の魔法をかけられていたようで、なかなか黒幕の名前を言えなかった。

だけど、ルイゾン様が王族の意地にかけて解呪したので、裏で糸を操っていたのはメリザンド・バルニエとその父親ブリアック・バルニエだと判明し、即刻捕えられた。

気付けば、儀式から二週間が経っていた。

「どうやら、橋の要石も、メリザンドが橋を作った一族の者を探し当てて無理やり聞き出したらしい」

寝室のいつものソファで、ルイゾン様はそう説明してくれた。

そこまでして、と黙り込む私にルイゾン様は続ける。

「バルニエ親子は極刑だとしても、あまりにも厳密に一族を追い詰めると王子たちにも累(るい)が及ぶ。そこだけは避けようと思っているんだ」

「カトリーヌはどうなりますか？」

薬草で無理やり黒髪に染めたカトリーヌは、落としても元のピンクブロンドに戻らず暗い茶色の髪になったそうだ。そのことも含めて、捕まった今も不満だらけで過ごしているらしい。

「彼女も同じだ。一族にまで広げて責任を負わせれば君に関わる。バルニエ家とのやり取りを洗いざらい打ち明けるなら死刑は免れる可能性が高いから、そこが落としどころじゃないかと考えている。北の修道院に期限なしで入って、一番重い強制労働をさせられる可能性が高いな」

「北の修道院……」

奇しくもカトリーヌが私を追放しようとしたところだ。自慢の髪色を失った上、一生キツい労働をして過ごすのは、カトリーヌにとって耐えられないことだろう。

「どうかしたか？」

ルイゾン様の問いかけに、私は曖昧に答えた。

「いえ……なんでもありません」

カトリーヌをどうしてほしいのか、自分でもわからなかった。ただ、巡り合わせに皮肉を感じて目を伏せる。

「正直、そこまで憎まれていたことが衝撃でした」

もう見ることのできなくなったピンクブロンドの髪を思い返して、私は呟く。

「ああ、それは私にも責任があると思った」

ルイゾン様が申し訳なさそうに頷くので私は思わず顔を上げた。

「どうしてですか」

ルイゾン様と出会う前から、カトリーヌは私のことを嫌っていたのだ。

だけど、ルイゾン様は噛みしめるように言った。

「私が君を継母にしたから、こんなことになったんだ。巻き込んでしまって申し訳ない」

私は慌てて首を横に振る。

「いいえ、ルイゾン様。それは違います」

そして、キッパリと告げた。

「——私、継母になれて本当によかったです」

エピローグ・新しい夢

「ロベール、マルセル、おやすみなさい」

「おやすみなさい、母上」

「母上も、はやくねるんですよ」

「ふふっ、わかりました」

あの事件の後、少しだけ変わったのは私の王子たちへの呼び方だ。

あの時必死で名前を呼んだことをふたりとも覚えていて、ずっと敬称なしがいいと言われてしまった。本音を言えばとても嬉しい。

今もふふっと笑いながら、王子たちの寝室から自分の寝室に戻る。

「なに笑っているんだ？」

と、いつの間にか寝室にいらっしゃったルイゾン様に緩んだ顔を見られてしまう。ルイゾン様がいつものソファで寛いでいる姿を見られるだけでホッとする私は、さらに笑みを深めた。

「なんでもありません」

「当ててみようか？　王子たちのことだろう？」

ルイゾン様はからかうように言う。

「どうしてわかるんですか？」

「それくらいしかない」

「言われてみればそうですね」

ルイゾン様に見抜かれるのはいつものことなので、気にせずに私は今日もベッドの端に横になった。ルイゾン様も向こうの端に横になる。お互い距離を空けながら眠るまでしばらく会話を続けるのが、いつもの楽しい習慣だ。

「そういえば、この間の出来事がやっぱり噂になっているみたいだ」

「この間のことってなんでしょうか」

「儀式の時に君が魔法をぶっ放したこと」

ルイゾン様の声に笑いが混じる。

「やっぱり『悪魔』って言われていますか？」

どう考えても派手にやりすぎた自覚はあったので、恐る恐る聞いた。

「違うよ」

ルイゾン様は朗らかに笑いながら言う。

「カッコいいって」

「は？」

「危険を顧みず王子たちの命を救った黒髪王妃はカッコいいと大評判だ。その証拠に、侍女頭候補に名乗りをあげる令嬢がたくさんいるらしい。オーギュスタンとフロランスが嬉しい悲鳴だって言っていた」

「カッコいいって、なにをもってそんな勘違いを」

言われ慣れていない言葉に、私は動揺した。

「騎士たちが主に言っているみたいだね」

――あの時は偽者だと思われていたのに？

よくわからないが、眠気を感じてきた私はうとうとしながら話す。

「侍女頭……選ばなくては……いけませんね」

「そうだね。でも今日はもう寝よう」

「……お疲れですか？」

就寝を促すルイゾン様に私はゆっくり問い返した。

「いや、ジュリアが眠そうだから」

――バレてる。

だけど、私は素直に目を閉じる。

「それでは失礼して……おやすみなさいませ」

「おやすみ」

ルイゾン様にそう言ってもらうと、安心して眠りにつけることは内緒だ。

その夜、私は久しぶりに、悪夢でも予知でもない楽しい夢を見た。

悪夢がセットになっていないから予知ではないはずだが、まるで本当に将来を見てきたかのような現実味があった。

夢の中で、成長した王子たちはバルコニーに立っていた。国民たちが嬉しそうに叫んでいる。

『ロベール陛下！　おめでとうございます』

『陛下の御代が益々栄えんことを』

『マルセル宰相！　おめでとうございます』

『陛下を支えるのは宰相しかおりません』

青年になったロベールが王に、マルセルが宰相になった夢だった。

ロベールは一流魔法が使える国王として、マルセルはペルルの研究者として、また魔獣を抑制する方法を発明した宰相として、ふたりで力を合わせて他国からの侵入と魔獣を防いでいる。

それだけでも素敵なのだが、少し年を取った私とルイゾン様がふたりを並んで見守っているところがさらによかった。

『君と結婚できて幸せだよ』

渋みを増してさらに魅力的になったルイゾン様がそう言い、私も照れながら頷いた。

『私もです』

——幸せすぎて、私は眠りながらきっと笑っていた。

そのせいか、うっすらと覚醒する。

ああ、今のは夢だったのかと目を瞑りながら思ったその時。

「おやすみ、ジュリア。君と結婚できて幸せだよ」

現実のルイゾン様がそう呟いたのが聞こえた気がしたけれど、まさかと思った私は目を閉じたままでいた。

この時の私が寝ながら顔を赤くしていたことを、かなり後になってからルイゾン様に教えてもらうのだが、そうとも知らず、夢の余韻を味わいながら再び眠りに落ちた。

悪夢や予知だけじゃない。

――今の私は、幸福な夢だって見られる。

そう思いながら。

Fin

あとがき

このたびは『双子王子の継母になりまして～嫌われ悪女ですが、そんなことより義息子たちが可愛すぎて困ります～』を手に取ってくださり、ありがとうございます。作者の糸加と申します。

完全書き下ろしの本作品、お話をいただいた時からずっとわくわくして取りかかっておりました。このように一冊の本になって感無量です。

そもそもは、編集担当さんとの打ち合わせがきっかけで生まれた物語でした。「継母と双子の王子なんていかがですか？」と提案された瞬間、まだ描かれてもいなかったこの表紙が見えた気がして、すぐに「書きたいです！」と答えたのを覚えています。

そこからの設定も比較的すんなり浮かびました。ヒロイン・ジュリアは忌み嫌われる黒髪でありながら国王陛下の再婚相手に抜擢されます。ジュリアを含め誰もが人違いではないかと思う中、若き国王ルイゾンだけはジュリアこそ王子殿下たちの継母に相応しいと確信していました。その理由とは……といった感じにどんどんお話が広がり、わくわくが止まらないまま書き切りました。

メインストーリーはジュリアの継母としての奮闘なのですが、国王でありながらシングルファーザーとしても努力するルイゾンとのやり取りも楽しんでいただけると嬉しいです。

ところで、実際の表紙が私の想像を遥かに超える素晴らしさであることはあえて強調させてください。イラストを担当してくださった月戸先生、本当に本当にありがとうございます！

この美しさと凛々しさを備えたジュリアと、愛らしすぎるロベールとマルセルの表紙を何度眺めたことか……。本当に素敵です！

月戸先生とは、拙作『淑女の鑑やめました。時を逆行した公爵令嬢は、わがままな妹に振り回されないよう性格悪く生き延びます！』（双葉社刊）からのお付き合いで、またご一緒できましたことを、とてもありがたく思っております。

さらに、物語のきっかけを与えてくださった担当編集者様をはじめ、この作品に関わってくださったすべての人たちに感謝します。ベリーズファンタジーの皆様、編集協力、校正、出版、デザイン、流通等で関わってくださった皆様、本当にありがとうございます。さらに支えてくれた家族と友人、仲間たち、癒しをくれる愛犬にも感謝です。

そして、この本を手に取ってくださった読者様に、最大の感謝を捧げたいと思います。

あなたが読んでくださることでこの物語は完成します。

あなたがそこにいてくれることが、とても嬉しいです。

またどこかでお会いできることを願っています。

糸加

双子王子の継母になりまして
〜嫌われ悪女ですが、そんなことより義息子たちが可愛すぎて困ります〜

2023年12月5日　初版第1刷発行

著　者　糸加

発行人　菊地修一

発行所　スターツ出版株式会社

〒104-0031　東京都中央区京橋1-3-1　八重洲口大栄ビル7F

☎出版マーケティンググループ　03-6202-0386
（ご注文等に関するお問い合わせ）

https://starts-pub.jp/

印刷所　大日本印刷株式会社

ISBN　978-4-8137-9285-7　C0093　Printed in Japan

[糸加先生へのファンレター宛先]
〒104-0031　東京都中央区京橋1-3-1　八重洲口大栄ビル7F
スターツ出版（株）　書籍編集部気付　糸加先生